新潮文庫

琴電殺人事件

西村京太郎著

新潮社版

11079

目次

琴電殺人事件

第一章　こんぴら歌舞伎《かぶき》

I

橋本豊《はしもとゆたか》は私立探偵である。彼は、警視庁の刑事だったことがあったが、その時、やむを得ず人を殺してしまい、刑務所に入っている。

出所してから私立探偵になったが、ありがたいことに、日本では私立探偵は免許制ではないので、前科のある橋本でも、私立探偵を名乗ることができる。

業務内容の中に、橋本はボディガードを入れていた。日本の私立探偵は、業務にボディガードを入れることは、ほとんどない。だが、刑事時代の経験がある橋本は、あえて売りにしていたのだ。

と、いっても、資産家の息子や娘のボディガードを頼まれていても、刑事事件が起きた場合は、直ちに警察に通報しなければならない。アメリカの私立探偵のように、拳銃《けんじゅう》片手に、ハードボイルド的に活躍することは禁じられている。しかし、武器なしでも、橋本はボディガードを遂行する自信があった。刑事として生死の境を生き延びてきた経験があるからだった。

その日、一人の中年男性が、橋本の探偵事務所に、ボディガードを頼みに来た。

男の名前は、嵐芝翫《あらししかん》。今どき、珍しい和服姿で現れた。

「私は、嵐芝翫と申します。歌舞伎役者の松川市之介《まつかわいちのすけ》の番頭役をやらせていただいております」

と、丁寧な口調でいう。

「番頭役――？」

と、橋本は、思わず聞き返した。嵐は笑って、

「一般的ないい方をすれば、秘書ということになりますね」

と、いい、

「私自身も、歌舞伎役者をやっております」

と、つけ加えた。

松川市之介という歌舞伎役者の名前は、橋本もよく知っていた。将来有望な若手の歌舞伎役者として、最近、とみに人気が出てきた役者である。若手の歌舞伎役者の中では、リーダー的な存在といってもいいだろう。

しかし、目の前に現れた嵐芝翫は、若手というより、中年にみえた。間違いなく、松川市之介よりも年齢は上だろう。その嵐芝翫が、松川市之介の番頭役、つまり秘書をやっているという話は、伝統芸能である歌舞伎という世界の古さを感じさせた。

橋本が知っていたのは、歌舞伎役者の中には、名門の家の出と、そうではない家の出とがあり、名門に生まれれば、その時点で、将来の主役が決まったようなもので、いかに演技が上手でも、名門以外に生まれれば、一生、主役に就くことができないといったことだった。警察なら、キャリアと、ノンキャリアの違いのようなものだろうか。

今、橋本の目の前にいる中年の歌舞伎役者は、嵐芝翫と名乗ったが、橋本は知らない名前だった。おそらく、名門の生まれではないのだろう。だから、いま、若手歌舞伎役者で将来有望な松川市之介の秘書、番頭役をやっているのかもしれない。

そんなことを考えながら、橋本が、

「それで、嵐さんが、今日、こちらにいらっしゃったご用件というのは、どんなことでしょうか？」

と、きいた。

「橋本さんの私立探偵事務所では、ボディガードをやっていただけると聞いたので、お願いに参りました」

と、嵐が、いった。

「どなたのボディガードですか？」

「今申し上げた、松川市之介のボディガードです」

「松川市之介さんのことは、テレビや雑誌でよく拝見していますから、私も知っていますが、松川さんのボディガードというと、誰かに脅されているとか、あるいは、ストーカー行為に悩まされているとか、そういうことがあるんですか？」

橋本がきくと、嵐は、それには答えず、

「私が説明するより、これをお読みになってください」

と、丁寧な口調でいって、鞄《かばん》から一通の封筒を取り出した。

封筒の表には、〈松川市之介様〉と、パソコンで打ち、印刷したと思われる字が並んでいた。

中身は、便箋《びんせん》が一枚。これも明らかに、パソコンで打ったに違いない、封筒と同じ書体である。

だが、ここでふと、橋本は違和感を覚えた。書体が独特のように見えたのだ。少なくとも自分のパソコンには、このような書体はない。おそらく、一般的なパソコンにはないフォントを使っているのだろう。

手紙には、こう記されていた。


「松川市之介に告げる。

こんぴら歌舞伎には、出演するな。あんな地方の芝居小屋、金丸座《かなまるざ》に、松川屋の役者が出るものではない。

強くいっておく。それでもこんぴら歌舞伎に出ようとすれば、お前の命は保証しない。これは、ただの警告ではない。

こんぴら歌舞伎に出演するため、香川の琴平《ことひら》に行こうとすれば、その途中で間違いなく、お前の生命は断たれる。覚悟しておけ」

橋本は戸惑った。

これは明らかに、脅迫状である。

「警察には相談しましたか？」

「いえ、相談しておりません」

「どうして、警察に相談しなかったんですか？」

「もちろん、そうすべきだと考えたのですが、若旦那の松川市之介は、今のところ、言葉による脅しだから、警察にお願いすることではない。自分たちで、警備を増やしたり、ボディガードのプロに守ってもらうのがいちばんいい、というので、こうやって、お願いに上がったのです」

と、嵐が、いった。

「事情はわかりましたが、日本の私立探偵の場合は、アメリカのように相手を逮捕する権限はありませんし、拳銃も持てません。したがって、出来ることは限られていますが、それは承知しておいて下さい」

と、橋本が、いった。

「実は、この脅迫状を書いた人が誰なのか、見当はついているのです」

と、嵐は、意外なことを口にした。

「送り主が誰か、お心あたりがあるのですか？　それは本当ですか？」

「ええ、本当です」

「それなら、どうして警察に頼んで、その人に注意して貰《もら》わないんですか？」

「分かっているからこそ、警察にいわずに、こうして私立探偵の橋本さんに、お願いに来たのです」

　橋本は、相手の真意が分からなくなってきて、

「どう考えても、警察に頼むのが一番いいと思いますがね」

　と、呟《つぶや》いた。

「いえ、犯人が分かっているからこそ、若旦那の松川市之介は、この件は、どうしても警察沙汰《ざた》にはできない。何とか警察に頼まず、こちら側で処理したい。そういうのです。そこで、番頭役の私が、いろいろと若旦那の松川市之介と相談をしまして、こちらにお願いに来たのです」

　と、嵐が笑う。

　少しずつ、橋本にも、事情が呑《の》み込めてきた。

「なるほど。つまり、こういうことでしょう。この脅迫状を書いた人物が、歌舞伎界にとって、あるいは、松川市之介さんにとって大事な人なので、警察沙汰にはできな

い。そういうことですかね？」

「まさに、そうなんです。ご理解いただけて、ほっとしました」

「この脅迫状を書いたと思われる人物は、どういう方ですか？」

と、橋本は、単刀直入に聞いた。

「名前を尾形《おがた》さんといって、ゲーム機メーカーの社長さんです。ご存知ですか」

と、嵐が、いう。

「社長のことは知りませんが、ゲーム機メーカーのオガタという会社は知っています。日本のゲーム機の約半分を製造、販売している、業界トップの会社じゃありませんか？　世界でも名を馳《は》せている大企業じゃないですか」

「ええ、その通りです。歌舞伎界にとっては、大変な後援者でございます。戦後、歌舞伎界が衰退して厳しい状況に陥った時、先代の尾形社長が、莫大《ばくだい》な援助をしてくださいましたし、今の社長も、歌舞伎界にとって最大の御贔屓筋《ごひいきすじ》です。ですから、警察沙汰にはできないと、松川市之介は、いっております。私も同意見です。そんなことをしては、尾形さんに迷惑をおかけしてしまいますから」

「歌舞伎の後援者が、どうして、こんな脅迫状を書いて送ってきた、というのですか？」

「香川県琴平町にある、金丸座という古い芝居小屋をご存じですか？」

と、嵐が聞く。

「たしか、日本でいちばん古い芝居小屋じゃありませんか？」

「そうです。江戸時代に造られた、日本一古い芝居小屋です。長いこと見捨てられていましたが、すべて人力で動かし、桟敷《さじき》も枡席《ますせき》も、明かり窓も下足札も、江戸時代のままという、いわば歌舞伎の歴史のような芝居小屋で、国の重要文化財にも指定されています。三十年くらい前から毎年一回、この金丸座で、公演が行われてきました。最近はこんぴら歌舞伎と呼ばれて、有名になってきています。こういう小屋で、歌舞伎をやってみたいという役者も増えてきているのです」

「そのこんぴら歌舞伎に、今年は松川市之介さんが出演することに決まったんですか？」

「ええ、その通りです。東京からは私の若旦那の松川市之介が、そして、関西からは片山新太郎《かたやましんたろう》さんが出ることが決まっています」

「それに、どうして尾形社長は反対しているんですか？」

と、橋本が聞いた。

「尾形社長は、歌舞伎がようやく若い人にも人気が出てきた。そんな時に、どうして地方の小屋で、興行をしなくてはならないのか？　東京なら歌舞伎座、京都なら南座、そして、東京には国立劇場もある。そういった本拠地で、新しい歌舞伎を作るべきであって、どうして地方の小屋でやらなくてはならないのか？　それで喜ぶのはマニアだけだ。一般の歌舞伎ファンのためには、あくまでも東京と京都でやればいい。そういう考えを、お持ちなんですよ」

「松川市之介さんは、どうしても、琴平にある金丸座で、歌舞伎をやりたいのですね？」

と、橋本が、念を押す。

「若旦那の松川市之介が、金丸座で歌舞伎をやりたいという気持ちは、同じ歌舞伎役者ですから、私には、よく分かるんです。金丸座は、日本最古の芝居小屋で、今の歌舞伎座のように電気で動くような仕掛けは何一つなく、すべてが人力です。明かりはローソクを模した電球と自然光のみ。つまり、江戸時代の歌舞伎を体験してみたいというのですよ。その気持ちは、私にもよく分かります。歌舞伎が全盛だった江戸時代は、今のような近代的な芝居小屋ではなかったわけです。昔話で聞かされる歌舞伎の世界を、現代でも体験できるのなら、一度は体験してみたいというのは、ほとんどの歌舞伎役者が持っている夢なんです。今回、関西から片山新太郎さんが出ることになっていますが、ウチの若旦那と同じように、一度は、江戸時代と同じ芝居小屋で歌舞伎を演じてみたい。そういう気持ちが強いので、松川市之介と一緒に、こんぴら歌舞伎に出ることを決めたと、聞いています」

「しかし、尾形社長は、それが気に入らないと？」

「そこが、尾形社長と意見を異にするところです。尾形社長としては、現代という社会の中で、歌舞伎になにが出来るのか、それをもっと追求すべきだという立場です。まだ、それが出来ていないのに、地方の古い小屋に行くなど、言語道断ということなのでしょう」

と、嵐芝翫が、いう。橋本は、首をひねり、

「しかし、それで脅迫状とは――。いきなりの飛躍にも思えますから、やはり警察に相談すべきだと思います」

「しかし、尾形社長は、歌舞伎界にとって最大の後援者ですから、その恩人を警察に訴えることはできません。だからといって、明々後日《しあさって》からの、こんぴら歌舞伎を邪魔されても困ります。そこで、私立探偵の橋本さんにお願いに来たのです。聞けば、橋本さんは元刑事で捜査の経験もあるそうで、適任だと思いました」

「松川市之介さんも、関西の片山新太郎さんも、こんぴら歌舞伎に出る気になってい

るわけですね？」

「そうなんです。金丸座に出るのは、歌舞伎役者にとっては夢ですから。松川市之介も関西の片山新太郎さんも、絶対に出ることに決めています」

「事情はよく分かりました。明々後日から、こんぴら歌舞伎が始まるのですね？」

「その通りです。すでに金丸座の三日間の公演については、チラシを配っていますし、金丸座のオーナーも張り切っています。今さら、止めることはできません。金丸座で興行を打つ三日間、私立探偵の橋本さんに、若旦那の松川市之介を守っていただきたいのです」

と、番頭役の嵐が、小さく頭を下げた。

2

松川市之介は、明日にも香川県琴平町に乗り込むという。関西歌舞伎の片山新太郎と、向こうで一緒になり、ファンのために、いわゆる「お練《ね》り」をやる予定である。

「このスケジュールは、尾形社長も知っているわけですね？」

と、橋本がきいた。

「大事な御贔屓筋ですから、スケジュールは、尾形社長にお知らせしてあります」

「尾形社長を説得しようとはしなかったのですか？」

「もちろん、何度もお願いしています。松川市之介をはじめとして、松川屋の一門が、尾形社長を訪ねていき、市之介が、どんなに金丸座に出演することを願っているのか、お話ししたんですが」

「尾形社長は、うんとは言わなかったのですね？」

「一ヶ月ほど前から折りに触れて、尾形社長を何とか説得しようとしているのですが、こんな脅迫状が届いたところをみると、尾形社長は、何としてでも、松川市之介の金丸座出演を許さない。そういう気持ちでいらっしゃることが、よく分かりました。それで、橋本さんにボディガードを、お願いすることにしたのです」

「尾形社長は、ゲーム機で成功した方でしょう？　大会社の社長が、一人で、こんぴら歌舞伎を邪魔しようとは、考えないような気がしますが。本当に、脅迫状の送り主は、尾形社長なのでしょうか？」

　と、橋本が、いうと、嵐芝翫はうなずいて、

「私も、そう思います。何しろ、尾形社長という方は、個人資産を六千億円も持っている方ですから、おそらく、お一人ではなくて、何人もの人間を雇って、松川市之介

が金丸座に出ることを妨害するのではないかと思います。実際、この脅迫状の文字は、普通のパソコンでは出せません。部下にでも頼んで、特別な書体を作らせたのでしょう」

「どうして、わざわざそんなことを?」

「おそらく、軽い気持ちで脅迫状を出したのではない、と知らせようとしているのではないでしょうか。こちらには、何人も仲間がいるんだ、というアピールかもしれません」

嵐の推理に、橋本は考えてから、口を開いた。

「向こうが一人ではないとなると、こちらも私一人では、守りきれそうもありません。誰かに協力してもらわないと駄目でしょうね。幸い、同じ私立探偵の友人がいますので、何人かに声をかけて、琴平に行くことにしたいのですが、構いませんか?」

「もちろん構いません。双方が傷つかないようにしてくだされば、それがいちばんの解決になると思いますので、よろしくお願いします」

嵐は脅迫状を置いて、帰っていった。

橋本はすぐ、個人で私立探偵をやっている知り合いの何人かに、電話をかけた。もちろん、松川市之介や片山新太郎といった歌舞伎役者の具体的な名前は出さず、大きな仕事があるので、よかったら一緒にやってくれないかといって、声をかけたのである。

その結果、二人の私立探偵が協力してくれることになった。斉藤淳《さいとうあつし》と吉川麻美《よしかわあさみ》という、男女の私立探偵である。

この時点で、橋本は、松川市之介や片山新太郎、さらには尾形社長といった具体的な名前を明らかにして、仕事の内容を説明した。

明日一緒に四国に行ってもらうことの約束を取りつけてから、橋本は、歌舞伎ファンというのは、いったい、どういう人種なのかを考えてみた。

特に、今回の尾形社長は、ファンの中でも、大きな力をもつ人間である。嵐芝翫の見立てでは、脅迫状を送りつけてきたり、地方の芝居小屋には絶対に出演させないといっていることを考えると、熱烈というより、狂信的というべきだろう。自分の思い通りにならなければ、何をするかわかったものではない。

今もオガタの社長であるし、六千億円もの個人資産を持っているという。そんな相手を説得することは、まず無理だろうと、橋本は思った。

脅迫状の文面から見ると、書いた人物は頑固で、自分の意思を、何が何でも押し通そうとする人間のようだ。

もともとは、歌舞伎に対する、あるいは、歌舞伎役者に対する愛情だったのだろうが、今は単なるわがままに思える。

親から受け継いだ会社とはいえ、一代で世界的な企業に成長させ、もはや忠告する者も周りにはいないのかもしれない。裸の王様の姿が、橋本の目に浮かんだ。

尾形社長が、松川市之介に脅迫状を送りつけたとしたら、よほど歌舞伎に関心を持ち、役者としてすぐれた松川市之介のことを愛しているからなのだろう。愛情の裏返し、というように思われた。愛しているがゆえに、憎しみを生んでしまった悲劇を、橋本は何度も目にしてきた。

しかし、頑《かたく》なになっている尾形社長の暴走を、どう止めればよいのか、妙案は一向に浮かばないのであった。

翌日、いつもより早めに目を覚ますと、橋本は、すぐ出張の支度を始めた。

香川県の琴平には行ったことがないし、金丸座という古い芝居小屋を見たこともない。それを考えての早起きだった。

一人身なので、支度は至って簡単である。あっという間に完了した。

同行する二人の私立探偵と東京駅で落ち合う時刻にはだいぶ早かったので、橋本は、もう一度、問題の脅迫状に目を通した。たしかに、愛情と怒りが一緒になっている感じだ。

その上、決めつけるようないい方が気になる。やはり、この脅迫状を書いた人物は、わがままなのに違いない。

九時をすぎた時、突然、橋本の携帯が鳴った。電話に出てみると、かけてきたのは、今回の仕事に協力することを快諾してくれた斉藤淳だった。

「今、テレビを見ているか？」

と、斉藤が、いきなりいった。

「いや、見ていない」

「すぐにテレビを見てくれ」

「何か、私たちに関係していることをやっているのか？」

「とにかく、テレビをつけて、ニュースを見てくれ」

と、斉藤が繰り返した。

その電話が終わると、今度は、吉川麻美が電話をしてきた。

「ニュース、見ました？」

と、いきなりきく。

「これから見るところだ」

橋本はテレビのスイッチを入れた。しかし、ニュースは終わってしまっていた。

「いったい、どんなニュースをやっていたんだ？」

と、橋本がきいた。

「橋本さんがいっていた、ゲーム機メーカーの尾形社長が松川市之介さんに脅迫状を送ったらしいから、ボディガードを頼むという仕事ですが」

「ああ」

「その尾形社長が、昨夜、自宅マンションで殺されていたというニュースをやっていたわ」

と、麻美がいう。橋本は、びっくりして、

「尾形社長が殺された？　何かの間違いじゃないのか？　たとえば、同姓同名の別人じゃないのか？」

「間違いないわ。アナウンサーが、殺されたのは、ゲーム機メーカーのオガタの尾形社長だって、はっきりといっていた。なんでも、昨日の午後十一時から十二時までの間に、青山の自宅マンションで、何者かにナイフで刺されて殺されたと、さっきのニュースが伝えていた。警察は殺人事件として捜査を開始する。そういっていたわ」

「もし、それが本当だとすると、今回の仕事はなくなるな」

　と、橋本が、いった。事情がはっきりするまで、新幹線に乗り込むのは、保留にした。

　二時間ほどして、今度は、昨日会った番頭役の嵐芝翫から電話が入った。

「テレビのニュースを、ご覧になりましたか？」

「知り合いの探偵から電話があって聞きました。尾形社長が、昨日の夜中、青山の自宅マンションで殺されたそうですね」

「ええ、そうなんです。私もびっくりしました」

「人が亡《な》くなっている時に、こういうことをいうのは申しわけありませんが、脅迫状の問題は、心配なくなりましたね。もう、私が、松川市之介さんの警護をする必要もないと思いますが」

「いや、それがですね、少し困ったことになっているのです」

　と、嵐が、いう。

「困ったこと？　もし、私への支払いのことなら、必要ありませんよ。まだ何もしていませんから、料金はいただきません」

　と、橋本が、いった。

「いや、そういうことじゃないのです。実は、先ほど、参考人として警察から呼ばれました。事件の現場となった、尾形社長の自宅マンションに連れていかれたのです。殺された尾形社長と私の若旦那、松川市之介との関係を説明するためにです」

「それで？」

「驚いたんです。違うんですよ」

「何が、どう違うのですか？」

わけが分からなくて、橋本が、きいた。

「違うのです」

と、嵐が繰り返す。

「ですから、いったい何が違うんですか？」

「尾形社長のマンションに行った時に分かったのですが、そこに置いてあったパソコンが違ったんですよ。なんでも愛用のパソコンが一週間ほど前に故障して、修理に出しているそうなのです」

と、嵐が、いう。

「尾形社長は大企業の社長なのですから、新しいパソコンを買うくらいは、簡単だと思いますが」

「もちろん、何台だって買えるでしょうが、慣れた愛用の機種がいいといって、修理に出したそうです。部品を取り寄せるのに時間がかかるので、その間、会社から運ばせたパソコンを使っていたようですが、それはごく一般的な機種でした。一時的に使用するパソコンに、あの脅迫状の書体が入っているとは思えないんです。脅迫状を書くために、わざわざ特別な書体を作らせたとしたら、それは愛用のパソコンに入っているはずなんです」

と、嵐が、いう。

「ということは、あなたに見せられた脅迫状ですが、尾形社長が打ったものではない。別人が打って、松川市之介さんに送りつけた。つまり、そう思われているのですか？」

改めて、橋本が聞いた。

「ええ、そうなんです。脅迫状は、松川市之介の自宅郵便受けに放り込まれていたのですが、私は、てっきり尾形社長が、自分のパソコンで打って、送りつけてきたものだと思っていました。松川市之介も全く同じ考えでした。最初から、尾形社長が、あの脅迫状を書いたものと思い込んでいたのです。しかし、今、申し上げたように、尾形社長の自宅マンションにあったパソコンは、修理の間のつなぎで使っている、ごく一般的なもので、あの特殊な書体で書かれた脅迫状は、時期的に見て、尾形社長が書いたものだとは、とても思えなくなりました。これは、大変なことではないでしょうか？」

「たしかに、大変なことになりそうですね。尾形社長が部下に命じて、脅迫状を書かせたと考えても、また特別な書体を、部下のパソコンに入れないといけませんからね」

橋本がいうと、嵐は勢い込んで、いった。

「あの脅迫状は、部下が命じられて書いたようなものではありませんよ。あれを書いた人間は、本気で、こんぴら歌舞伎に松川市之介が出るのをやめさせようとしている。私は、そう思っています」

「やはり、脅迫状の送り主を尾形社長だと決めつけるのは早計でした。警察は、どんなふうにいっているのですか？」

と、今度は、橋本がきいた。

「刑事さんから、殺された尾形社長と松川市之介との関係をきかれました」

「あなたは、どう答えられたんですか？」

「例の脅迫状のこと以外は、正直に答えました。尾形社長は、松川市之介にとっていちばんの後援者で、市之介が初舞台を踏んだ時も、映画に出演した時も、大変な額のご祝儀《しゅうぎ》をいただいています。歌舞伎界全体も、尾形社長に援助していただいており、尾形社長が最大の御贔屓筋だと、いっておきました」

「それに対して、警察は、どういっているんですか？」

「松川市之介が尾形社長と親しくしていることに、市之介の熱心なファンが腹を立てて、尾形社長を殺害したことも考えられるし、あるいは、歌舞伎とは関係のない理由で、殺されたのかもしれない。たとえば、ゲーム機メーカーの社長として、何か恨みを抱かれるようなこともあったかもしれませんからね。今は、そのどちらともはっきりしないので、当面は、両方で捜査を進めていくみたいなことを話していました」

「念のために、もう一度お聞きしますが、あの脅迫状について、あなたは、警察には何もいわなかったんですね？」

「はい。何もいいませんでした」

「なぜですか？」

「尾形社長ではないとすると、誰が、あの脅迫状を書いたのか？　その見当が、全くつきませんでしたから。迂闊《うかつ》に警察に明かすわけにはいかないんですよ。それで迷っているうちに、いいそびれてしまいました。これから先どうしたらいいのか、それを市之介と相談していたところです」

「それで、尾形社長でないとすると、脅迫状の送り主として、ほかに誰か、思い当たる人がいるのですか？」

「松川市之介は、全く分からないと申しておりますし、私も同じです。それに、松川市之介は、四年前から毎年、金丸座に出演しているのですが、その間、金丸座には出るなとか、芝居に出たら危害を加えるとか、そういう脅迫状が届いたり、電話がかかってきたことは、これまでに一度もありません。私も市之介も、思い当たることは全くありません。どうしたらいいでしょうかね？」

と、嵐がきいた。

「松川市之介さん本人は、今でも琴平の金丸座に出演する気ですか？」

「ええ、こんぴら歌舞伎は、明後日が初日ですから。関西の片山新太郎さんも、金丸座に来ていて、張り切っていると、電話でいっています」

「もう一度確認しますが、あの脅迫状は、尾形社長が書いたものではないのですね？」

「ええ、間違いありません。尾形社長の自宅にあったパソコンで打ったものでないことは、はっきりしていると思います。尾形社長の会社や工場は、京都にもありますから、当然、そちらにあるパソコンで打ったことも考えていましたが、尾形社長は、ここ一週間ほど、京都には行っていないようです」

「最初、あなたも松川市之介さんも、脅迫状は、尾形社長が書いたものだと思い込んでいたんですね？」

「そうです」

「だから、私に、ボディガードを頼みに来たんですね？」

「ええ、そうです」

「松川市之介さんが琴平の金丸座に出演したら、尾形社長は、市之介さんのことを殺すと思っていたんですか？」

「いや、私も松川市之介も、尾形社長が、もちろんそんな大それたことをするとは考えていませんでした。ただ、尾形社長は癇癪《かんしゃく》持ちでしたから、金丸座への出演を、何らかの方法で妨害するのではないかとは思っていました。金で雇った男たちに、市之介を襲わせるぐらいのことはするでしょう。その心配があったので、ボディガードをお願いしたのです」

「出演の邪魔はするだろうが、殺すことはしないだろう。そう考えていたんですね？これは大変重要なことですから、正直に答えてください」

と、橋本がいった。

「その通りです。尾形社長が贔屓《ひいき》の市之介を殺すはずがありません。私も市之介も、尾形社長が、金丸座への出演に反対だということは、よく知っていました。ですから、出演しようとすれば、何らかの邪魔をされるだろうと思っていたのです。何しろわがままで、しかも大変なお金持ちですから、どんな方法を使っても、妨害工作をするだろうと考えていました。尾形社長が琴平に行くとなったら、危ないなと考えて、橋本さんにボディガードをお願いに行ったのですが、市之介が殺されるようなことだけは、ないだろうと思っていました」

「しかし、あの脅迫状を、尾形社長が書いたのではないとすると、誰が書いたのか、まったく見当がつかないわけでしょう？」

「ええ、それで困っているのです」

「あの脅迫状が尾形社長の書いたものであれば、出演の邪魔はするだろうが、市之介さんを殺すようなことはないと思っていた。しかし、ほかの人間が書いたものだとなると、脅迫状の送り主は、本気で市之介さんを殺そうとするかもしれませんね」

「そうなんです。それが怖いので、こうして、お電話をしたのです。どうしたらいいでしょうか？」

「市之介さんが、明後日から三日間、金丸座に出演することに、変更はないのですね？」

「そのスケジュールに変更はありません。松川市之介も頑固で、信念を曲げない人ですから、今年も絶対に出るといって、ききません。私は警察の事情聴取があったので、市之介は先程、一人で琴平に発《た》ちました。私も、これから琴平に行きます。ただ、あの脅迫状の主が、どんな人間か分からないので、一層怖くなっています」

と、嵐が、いった。

「それでも、嵐さんは、警察には脅迫状のことを話さなかったんですね？」

「尾形さんが、あの脅迫状を書いたとばかり思っていましたから、尾形さんが亡くなって、正直なところホッとしたのです。市之介も、私と同じ気持ちだったと思います。これで安心して、金丸座の舞台を踏むことができる。そう思っていたんです。だから、一人で琴平に向かわせてしまいました。ところが、脅迫状は尾形さんが書いたものではない、と分かってから、不安になり、怖くなりました。にもかかわらず、警察に、脅迫状のことをいいそびれてしまったのです」

「それは、どうしてですか？」

「今もいったように、脅迫状は、尾形さんが書いたものとばかり思っていました。そのうちに、刑事さんが尾形社長のパソコンを見つけて、その場で何か手紙のようなものをプリントしました。そして、尾形さんは、松川市之介さんに手紙を書いていたと思われますが、受け取ったことがありますかと、きかれたんです。その時、あの脅迫状と書体が違うと思ったんです」

「しかし、パソコンでは、いろいろな書体でプリントすることができるはずですね」

　橋本が念を押すと、嵐も同意して、

「たしかに、それだけでは、なんともいえません。でも、やはり事情聴取に呼ばれていた尾形社長の秘書が、そのパソコンは修理の間だけの代替品だといいだしたのです。それで、とっさにどう考えていいか分からなくなって迷っているうちに、尾形さんの遺体は、司法解剖のために運ばれていってしまいましたし、マンションの管理人を呼んで、尋問が始まってしまったので、脅迫状のことを切り出すチャンスを失ってしまったんです。それで、おききするのですが、今からでも、脅迫状のことを警察に話したほうがいいですかね？」

「もちろん話してください。いや、私には、警視庁の捜査一課に知り合いの刑事がいますから、私が、脅迫状を持っていって話をしてきましょう。その結果は、あなたに報告しますよ」

と、橋本は、いった。

3

橋本は、脅迫状を持ち、家を出た。

現在、捜査一課の刑事たちは、橋本が刑事だった頃の仲間だし、警部の十津川《とつがわ》は、かつての上司である。

その十津川警部や、同僚だった刑事たちは、殺人事件の捜査のために、現場となった青山のマンションに行っているので、橋本も、現場に行くことにした。

真新しい超高層マンションである。その二十八階に、尾形社長の住居があった。入り口で、二十八階の部屋にいる十津川に電話をしてもらい、許可を得てから、エレベーターに乗った。

十津川警部にも、ほかの刑事たちにも、会うのは久しぶりだった。十津川警部は、笑顔で橋本を迎えてくれた。

「どうしたんだ。君は、殺された尾形社長と親しかったのか？」

「いえ、尾形社長の会社が作ったゲーム機で遊んだことはありますが、社長個人と親しかったわけではありません。それよりも、この脅迫状を見ていただきたいのです」

橋本は、問題の脅迫状を、十津川に渡した。

十津川は、真剣な表情で脅迫状に目を通してから、橋本に向かって尋ねた。

「どうして、君が、こんな脅迫状を持っているんだ？」

橋本は、松川市之介の番頭役、嵐芝翫が来て話した経緯を、そのまま、十津川に伝えた。

「今日、嵐芝翫を呼び出した時、どうして、彼は、このことを正直に話してくれなかったのかね？　それが残念だね」

と、十津川が、いった。

「彼は電話で、話すチャンスを失ってしまったと、そういっていました。番頭役の嵐も松川市之介も、この脅迫状は、てっきり尾形社長が書いて、送りつけてきたものだと思い込んでいたようです。それが違っていたので、ひどく驚いて、あなたに話しそびれてしまったそうです」

「たしかに、君がいったようなことを考えていたのであれば、驚くだろうね。尾形社長が書いたものではないとなると、なおさら心配になってきたんじゃないのか？　それで、君に相談した？」

「その通りです。何しろ、松川市之介は、現在いちばんの若手人気役者ですし、明後日から、香川県の琴平の金丸座で、芝居をすることになっています。それなのに、脅迫状の書き手がわからないとなると、この状況は、市之介には、前よりももっと怖いもの、危険なものになってきたはずです」

と、橋本が、いった。

「われわれも、君がこの脅迫状を持ってきてくれたおかげで、捜査の幅を広げることができる。松川市之介が、琴平で脅迫状の主に狙《ねら》われる可能性がでてきたので、何人かの刑事を四国に向かわせることにしよう。もちろん、香川県警の協力も要請する」

「実は、私は松川市之介のボディガードを頼まれていたのです。それで、仲間の私立探偵二人と、琴平町に行くことになっていましたが、警察の方に任せます」

と、橋本が、いった。

「分かった。後はこちらが引き受ける」

と、十津川が答えた。

橋本は、問題の脅迫状を十津川に渡して、帰ることにした。

4

十津川は、少しばかり腹を立てていた。参考人として呼んだ嵐芝翫が、問題の脅迫状のことを、何も話さなかったからである。

十津川は、嵐芝翫が、午後、琴平に向かうというので、新幹線の中で話を聞くことに決めた。

亀井《かめい》刑事とともに、東京駅で嵐と落ち合い、一四時五〇分発の「のぞみ一一五号」に乗った。

指定席で座席を向かい合わせにして、嵐から話を聞くことにした。

まず、脅迫状についてきいた。それについての、嵐芝翫の答えは、橋本からきいたものと同じだった。

「あの脅迫状は、てっきり尾形社長が書いたものとばかり思っていたので、逆に困惑してしまっています。誰が書いたのか、本当に全く見当がつかないのです」

「殺された尾形社長は、松川市之介さんが、金丸座に出演することに反対していましたが、ほかに反対していた人はいないということですか？」

「そうなんです。歌舞伎《かぶき》役者はみんな、金丸座のような日本最古の芝居小屋に出演することに賛成でしたし、むしろ同じ役者仲間には、うらやましがられていました。そんな具合ですから、脅迫状の主には、全く心当たりがないのです」

「似たような脅迫状とか、あるいは、いたずら電話はなかったんですか？」

十津川の質問に、嵐が答えて、

「現在、松川市之介は、若手の歌舞伎役者として人気がありますし、S株式会社も将来、松川が歌舞伎界を背負ってくれるものと期待していますから、市之介には、激励の手紙しか来ていません。その中で、唯一《ゆいいつ》、この脅迫状が市之介の自宅の郵便受けに入っていたので、びっくりすると同時に、ああ、これは尾形社長が書いたに違いないと思いました」

「それはなぜですか？」

「ほかに、市之介が、金丸座に出演することに反対する人はいませんから」

「松川市之介さんは、どうして、金丸座に出たがっているんですか？　聞いたところでは、古い芝居小屋で、全《すべ》て人力で動かすそうですね。それでは不便で、芝居がしにくいのではないかと、私なんかは思ってしまうのですが。松川市之介さんや嵐芝翫さんにとっては、ちがうのでしょうか」

と、十津川が、いった。

嵐芝甑はニッコリして、

「金丸座は、天保六年に建てられています。一八三五年です。舞台装置は、人力で動くようになっていますし、枡席も、下足札も、江戸時代のものが残っています。私たち歌舞伎役者は今、近代的な設備の中で芝居をやっていますが、江戸時代には、どんな形で芝居をやっていたのか、金丸座は、それが分かるので、大変勉強になるのですよ。歌舞伎の原点が分かるからです。ですから、若手の歌舞伎役者の中には、何とか時間を作って、金丸座に出たいという者が何人もいます。私は幸い、若旦那の市之介と一緒に、今年で五回目の出演ということになりますが、出るたびに、ああ、歌舞伎は昔、こんな形で演じていたのかと、それが分かるので大変嬉《うれ》しいのです」

「今回は、関西歌舞伎からも、女形で有名な片山新太郎さんが出ることになっていますね？」

「そうなんです。金丸座というのは、もともと上方《かみがた》歌舞伎の興行のために作られたものですから、関西歌舞伎というか、上方歌舞伎というか、そちらの役者さんも、金丸座に出演することを喜んでいますよ。きっと、いい芝居ができるだろうと、期待しているのです」

「金丸座の出演は、毎年一回と決まっているんでしたね？」

「そうです」

「今年の出演者は、決まっているわけですか？　東京からは松川市之介さん、上方から片山新太郎さんですね」

「もちろん、ほかの出演者もいますが、市之介と新太郎さんが出ることは、去年から決まっていました」

「嵐芝翫さん、あなたも出られるのですか？」

　と、十津川がきくと、嵐は嬉しそうな顔で、

「ほんの小さな役ですが、出させていただきます」

　と、いった。

「一年に一回の金丸座の歌舞伎ですが、一般にはそれほど知られていませんね？　私も、四国に日本でいちばん古い芝居小屋があるということは知っていましたが、年に一回の興行があって、あなたや関西歌舞伎の方が出ることは知りませんでした。広告は、どこに出ているんですか？」

「S株式会社が出している会報があるのです。毎月一回、ファンの皆さんにお配りしている会報なんですが、それには載っています。ほかに金丸座での興行が近づくにつ

れて、ホームページや新聞や週刊誌なんかにも広告を載せていますが、たしかに刑事さんがいわれるように、こんぴら歌舞伎を知らない人も多いかもしれないですね。そもそも、観客席が少ないので、あまり宣伝しなくても、すぐに満席になる、ということもありますが」

と、嵐が、いった。

「この脅迫状の主は、金丸座の興行があることを知っていたし、松川さんが出ることも知っていました。それを見る限り、送り主は、歌舞伎に詳しい人だと考えてもいいかもしれませんね」

「そうですね。金丸座への出演は、四年前からですが、だんだん華やかになってきて、歌舞伎通の方は、ほとんど皆さん知っていますが、出演者についてまでは、知らない人も多かったように覚えています」

と、嵐が、いった。

「この犯人は、それだけ歌舞伎に詳しい人間、あるいは、松川市之介さんについて詳しい人間だということが考えられますね。他に、何か気がついたことはありませんか？」

「実は、先程から、ずっと考えていたのですが、何も思いつかないのです。この件で脅迫状や手紙が来たり、電話で罵倒《ばとう》されたりしたことは、今までに一度もありませんでしたからね。私の周りにいる皆さんは、心の底から歌舞伎が好きで、応援してくださっていますから」

新幹線が名古屋を過ぎた辺りで、嵐の携帯電話が鳴った。

「ちょっと失礼します」

と、嵐はデッキに向った。

電話を終えた嵐が、デッキから戻ってくると、十津川に向かって、

「脅迫電話でした。男の声で、市之介に伝えておけ、さっさと東京に帰れ、といわれました」

と、緊張した顔でいう。

十津川が、嵐に向かって、

「電話の相手は、どんな感じでしたか？」

と、きいた。

「どんな感じも何も、最初から最後まで、命令口調でした。こちらに喋《しゃべ》らせず、一方的に脅されました」

「どんな風に脅されたんですか？」

「私が電話に出ると、向こうは、男の声で、松川市之介を呼べといいました。私がこの列車には乗っていないというと、彼に伝えておけ、古い四国の芝居小屋に、大喜びで出演などするな。もし本当に出るとなったら、あらゆる手段を使って、邪魔してやる。身の危険も覚悟しておけ。この通り、松川市之介に伝えるんだ。と、そのように、命令されたんです。琴平に行けば、死ぬこともあるが、東京に引き返すというなら、何の危害も加えない、ともいわれました」

と、嵐が、いう。そして、さらに、

「警部さんに、一つ質問があるんですが、いいですか？」

と、遠慮がちに、十津川にきいた。

「何でしょう？　どうぞ何でも聞いてください」

と、十津川が、いった。

「市之介も携帯電話を持っています。それなのに、犯人は、どうして私にかけてきたんでしょうか？」

「犯人が、市之介さんの携帯の番号を知らなかったか、知っていても、市之介さんは知らない番号には出ないと思ったのでしょう。あなたが四国に向っていることを知って、脅迫電話をかけてきたのでしょう」

「だとすると、私たちは、東京駅から、この『のぞみ一一五号』に乗るところを見られていたのでしょうか？」

と、嵐が、いった。

「その可能性が高いでしょう」

と、十津川が、いった。

「何だか犯人に監視されているようで、怖いですね」

と、嵐が、いう。

「もう一度お聞きしますが、松川市之介さんが四国の金丸座に出演することについて、何か反対するとか、出るなとかいう電話はなかったんですか？」

「ありませんでした。励ましの電話ばかりでした」

と、嵐が、重ねていった。

十津川たちは、岡山で降りた。

ここからは、四国の高松方面行きに乗り換える。その電車を待つ間、十津川は、ホームを見廻した。

脅迫状の送り主は、自分たちと同じ新幹線で、岡山まで来たのだろうか？

第二章　琴電琴平行き

1

岡山駅で、のぞみから快速マリンライナーに乗り換えた。瀬戸大橋を渡り、岡山県と香川県をつなぐこの電車は、世界的にも珍しい海の上を走る電車として、外国人の注目を集めている。十津川たちが乗った車両にも、海外からの観光客の姿が見えた。

瀬戸内海を越えて、香川県に入っていくと、高松駅に着いた。駅には、先に到着していた松川市之介が待っていた。

脅迫状だけだと思っていたのに、殺人が起きたのだ。十津川警部と挨拶《あいさつ》を交わす表情は、毅然《きぜん》としているようだが、どこかおびえがみえる。今日は、金刀比羅宮《ことひらぐう》境内でお練りをする予定だったが、キャンセルしたという。本番以外で人目につくことは、極力さけるためだった。これから金丸座に向かうというので、十津川も同行することにした。

ＪＲ高松駅を出て少し歩くと、琴電の高松築港という小さな駅がある。

琴電は、正確にいえば、高松琴平電気鉄道である。三方向に路線が延びているが、琴平線は、高松築港駅が始発駅になっている。

しかし、琴電の実質的なターミナル駅は、高松築港駅から二つ目の駅、瓦町《かわらまち》駅である。高松市の中心地にあたり、大きなショッピングモールや飲食店が並ぶ。

琴電の発着する瓦町駅には、立派なホームが並んでいる。この駅を始発とする志度《しど》線と長尾線を加えた三路線が、「琴電」として、香川県内を走っている。

一つ目の志度線は、三つの路線の中ではもっとも古く、開業が一九一一年だから、明治四十四年に初めて電車が走った路線ということになる。

この志度線を走る列車は、フレッシュホワイトとサーモンレッドのツートンカラーである。走る区間は、瓦町駅から琴電志度駅までの十二・五キロだ。終点の琴電志度駅は、平賀源内の生誕の地として知られている。

　二つ目は長尾線で、こちらは瓦町駅から終点の長尾駅まで十四・六キロである。ほとんどの電車が、高松築港駅までいくのだが、路線上は、瓦町駅が起点となっている。その車体は、フレッシュホワイトとエメラルドグリーンのツートンカラーである。

　最後の琴平線は、高松築港駅から琴電琴平駅までの三十二・九キロを走り、三路線の中では、いちばん長い距離を結ぶ。もっとも知られた路線でもある。もともとは金刀比羅宮への参拝客を輸送することを目的として、一九二六年（大正十五年）に一部開業し、一九二七年（昭和二年）に全通している。車体は、フレッシュホワイトとコーンイエローのツートンカラーである。

　それぞれの路線によって、車体の色が違うのだが、それともう一つ、「鉄の列車」と呼ばれている電車がある。

　それは、フレッシュホワイトとレトロダークブラウン色のツートーンか、レトロの単色で塗られている、琴電では、いちばん古いレトロ調の列車である。琴電が走り始めた時、最初に使われていた列車であって、このレトロな車体を見るために、全国からわざわざ四国まで琴電に乗りに来る鉄道マニアも多い。

　琴電琴平行きの列車を待つ、歌舞伎《かぶき》役者の松川市之介も、向かいのホームに停まっ

ていた古い車体を目にすると、

「毎年、今頃になると、金丸座に出演するために、香川県に来ています。そのたびに、僕は、この琴電のレトロな車両を見るのが、とても楽しみなんですよ。イベントのときだけとはいえ、こんな古いタイプの車両が現役で走っているのは、おそらく、全国でもこの琴電だけでしょうね。ほかの鉄道会社には見当たりませんから」

と、目を輝かせながら、いった。

松川市之介が、かなり熱心な鉄道マニアだということを、十津川は、この高松で出会って初めて知った。十津川たちを高松駅で待っていたのも、本当はこの特別電車を見たかっただけなのかもしれない。金丸座に興味をもつのも、同じように、古いものに憧《あこが》れるからだろうか。

十津川は、松川市之介ほどの鉄道に対する思い入れはないし、鉄道に関する知識も持ち合わせてはいない。一方で、同行している亀井刑事は、小学生の息子が大変な鉄道マニアということもあり、影響を受けているのだろう。琴電に対しても、ある程度の知識を持っていて、琴平線の電車の到着を待っている間にも、自分の鉄道知識を、松川市之介と戦わせていた。

「琴電こと高松琴平電気鉄道は、全国的に見ても、ひじょうに古い鉄道路線だと思いますよ。たしか開業して、百年以上はたっているはずです。何しろ、開業は一九一一年、明治四十四年ですから」

亀井が、嬉《うれ》しそうな顔で、市之介に話している。

「カメさんは、鉄道好きの息子さんのせいもあってか、いつの間にか、ひとかどの鉄道マニアになってしまったようだね。琴電についても詳しいので、ビックリだよ」

十津川が、からかったが、その言葉で逆に、亀井は、ますます嬉しそうな顔になっているから、本当の鉄道マニアになったみたいである。

その亀井に負けずに、松川市之介が、しゃべる。

「現在、琴電が所有している車両は、全部で八十六両あって、僕の記憶では、地方の私鉄としては、最大の所有車両数だと思いますよ。それだけじゃなく、その中にはこのレトロダークブラウン、つまりセピアの動態保存車両が四両あって、ファンを楽しませてくれます。僕は、このセピア色の、いかにも大正から昭和の初期を思わせるアンティークな車両が、イベントのときだけとはいえ、こうして走っているのを見ると、嬉しくなってくるんです。今年もまだ走っているな、頑張っているなと、励まされましてね。こうなったら、できれば一年でも長く、走り続けてほしいですね」

と、市之介は、いう。

やがて、琴電琴平線の列車が、ホームに入ってきたので、十津川たちは、それに乗り込んだ。これもまた、ホワイトとセピア色に塗られた、古い車両だった。

十津川は、先頭の車両に乗ったが、車内は空《す》いている。やはりゴールデンウィークの前だからだろう。まだ四月の中旬で、ゴールデンウィークの始まる四月二十九日までは、間があるのだ。

電車は、ゆっくりと動き出す。

窓の外を見ながら、十津川が、

「琴電というのは、電車なんだね。僕は、てっきりディーゼルかと思っていたが、違うんだ」

と、感心したように、いった。

四国は、ほかの地域に比べると、鉄道の発達が遅れていると、よくいわれる。新幹線は走っていないし、そもそも電化されている路線が少なく、非電化、ディーゼルの路線が多いからである。

その中で、琴電は、創業百年以上という古い私鉄なのに、よく見ると、パンタグラフをあげて走っている。十津川は、そのことに少しばかり感動したのである。

十津川たちが乗ったのは、二両編成の普通列車である。以前は、琴電にも、丸いへッドマークに大きく「急」と書かれた急行や、準急といったものがあったが、現在は廃止されている。

車内は空いているのだが、列車が駅に停車すると、鉄道マニアと思える人たちが、こちらにカメラを向けて、フラッシュを焚《た》いていた。

瓦町駅の隣りの栗林公園《りつりんこうえん》駅から、五人の若者のグループが乗ってきた。

彼らは最初、二両目の車両に乗っていたのだが、急に、どかどかと先頭車両に入ってきた。男三人に女二人の五人グループである。いずれも二十代の若さに見えるが、その中の一人の男が、

「ああ、やっぱり乗っていた。松川市之介さんだ」

と、大声を上げて、傍に寄ってきた。

特に二人の女性は、目を光らせて、市之介を見ると、

「ファンなんです。サインをください。お願いします」

といって、手帳を差し出した。

松川市之介は、笑顔で彼らにサインしている。

十津川と亀井は、若者のうちの二人に声をかけ、車両の隅まで連れていくと、

「ちょっと、お話を聞かせていただいてもいいですか？」

ろう。
　と、柔らかくいった。
「ええ、構いませんけど」
　と、相手が、応じてくれた。きっと、松川市之介の付き人か、何かだと思ったのだ
「この電車に、松川市之介が乗っているのを、どうして知ったんですか？　誰かから
聞いたんですか？」
「誰といわれても困るんですが、さっき駅の近くのうどん屋で食事をしていたら、そ
こにいた見ず知らずの男の人に声をかけられて、突然いわれたんですよ」
　と、青年が、いう。
「その男の人は、どんなふうにいったんですか？」
「君たちは若いけど、歌舞伎に興味があるのか、歌舞伎を見たりするのかって。それ
で、実際に歌舞伎座に行って見ることはないけど、テレビでは見ていると、そういっ
たのです」
「そうしたら？」
「若手の歌舞伎役者で、人気のある松川市之介を知っているかと聞かれたんで、知っ
ているといったら、その男はニッコリして、ここだけの話だが、まもなく、松川市之

介が乗っている電車がやってくるから、この駅から琴電琴平行きに乗れば、会えるよって教えてくれたんですよ。彼のファンなら、同じ電車に乗って、サインをもらったらいいんじゃないかというのです。最初は半信半疑だったけど、松川市之介といえば有名人ですから、サインをもらえたら嬉しいなと思って、慌《あわ》てて駅に走ったんです。二両編成の琴電琴平行きの電車が来たんで、飛び乗ったら、教えられた通り、そこに松川市之介さん本人が乗っていたんですよ」

青年が、ニコニコ笑いながらいう。

「どう思いました？」

「もちろん、嬉しかったですよ」

「あなたたちは、駅の近くのうどん屋で食事をしていた。そうしたら、店にいた男に教えられた。簡単にいってしまえば、そういうことですね？」

「ええ、そうです」

「どういう男だったか、特徴を覚えていますか？」

「それが、あまり特徴といえるものがない人だったんで、よく覚えていないんですよ。年齢は、四十四、五歳くらいの中年の男の人でした。たしか、メガネをかけていましたよ。多分、あの人も観光客だと思います。地元の人間には、見えませんでしたから」

しかし、どうにも頼りない返事だったので、四十四、五歳くらいのメガネをかけた中年の男という外見的特徴以外には、あまり参考にならないと、十津川は思った。

「あなたたちが、この電車に乗ってきたということは、男のいった言葉を信用したということですね？」

「ええ、そうですね。だって、明後日《あさって》から金刀比羅宮にある、金丸座という古い芝居小屋で、松川市之介さんと関西歌舞伎の何とかという役者さんがやって来て、三日間の興行をやることになっているんでしょう？　僕たちは、そんな記事を読んでいたから、あの男の人のいうことを信用したんですよ。信用してよかったです。松川市之介さんに会えましたから」

「それで、あなたたちは、これからどうするんですか？」

「市之介さんと一緒の電車に乗ったんですから、とりあえず終点まで行こうと思っています。明後日から、歌舞伎をやるんでしょう？」

「その予定です」

「だったら、それを見てから帰ることにしますよ」

「みなさん、東京の人？」

「そうです。五人とも東京です」

「それで、四国の琴平まで観光にやってきた？」

「ええ、そういうことです」

「観光だとして、ゴールデンウィークではなく、四月のこの時期に、わざわざ琴平に遊びに来たのはどうして？」

と、亀井が、きいた。

「ゴールデンウィークだと、観光地は、どこに行っても観光客でいっぱいで、混むじゃないですか？　僕たちは、人混みに行くのが、あまり好きじゃないんですよ。幸い、みんなで、この時期に休みを取ることができたし、桜も綺麗《きれい》そうです。それに、新聞に出ていた金丸座という昔の芝居小屋にも興味があったんで、ぜひ一度、見てみたいと思ったんです」

「今、新聞で金丸座のことを読んだと、そういいましたね？」

「明後日から、その芝居小屋に松川市之介さんが出演して、歌舞伎をやるということを知ったんで、どんな小屋かと思ったんです」

「皆さんは、東京にいる時も、歌舞伎を見に行くようなことが、あるんですか？」

「今もいったように、歌舞伎自体には、それほど関心がないんです。ただ、僕たちは全員、松川市之介さんのファンだから、彼が出ている芝居とか、映画なんかは、よく見ています。今も、松川市之介さんが乗っていると聞いて、慌ててこの電車に乗り込んだんです。このまま、終点のこんぴらさんまで行って、松川市之介さんの芝居をやる金丸座を、ゆっくり見ることにします」

「もう一度、念のために確認をしますが、さっきの駅の近くのうどん屋で、あなたたちが食事をしていたら、店にいた中年の観光客らしい男に、今度来る電車に、歌舞伎役者の松川市之介が乗っていると教えられたんですよね？」

「ええ、その通りです」

「その時、その男が、どうして、そんなことを知っているのかと、不思議に思いませんでしたか？」

「なるほど、そうですよね。たしかに、いわれてみれば、その通りですね。あの男の人は、どうして、松川市之介さんのスケジュールを知っていて、僕たちに教えたんですかね？　今になって考えてみると、もしかしたら、歌舞伎関係の人だったのかも知れません。それなら、話の辻褄《つじつま》が合うような気がします」

それだけ聞いてから、十津川は、松川市之介から離れた席に、亀井と隣り合って腰を下ろした。

「カメさんは、今の話を、どう思う？」

十津川が、きいた。

「警部が知りたいのは、うどん屋で、今の若者たちに話しかけてきた男のことですか？」

「そうだよ。彼らの話を聞いていて、その中年の男のことが気になって仕方がないのだ。わざわざ、男のほうから若者たちに声をかけてきたというのも、引っかかるんだ」

今日、松川市之介と番頭役の嵐芝翫の二人が、琴電を利用して琴平に向かうことは、発表されていない。新聞には、松川市之介と関西歌舞伎の片山新太郎が、明後日から金丸座に出演することは出ているが、市之介たちが、いつ現地に行くかという細かい情報までは載っていなかったはずである。それに、市之介と嵐の二人は別々の新幹線で来たのだ。琴電に乗る時間も、あらかじめ決めていたわけではない。

それなのに、どうして、琴電の、この電車に松川市之介が乗ることを、男は知っていたのかと、十津川は考えてしまう。

「中年男は、どうやって市之介のスケジュールを知り、その上、見ず知らずの若者たちに、次に来る電車に松川市之介が乗っていると、わざわざ教えたんですかね？」

と、亀井が、いった。

十津川は、一瞬考えてから、

「脅迫状の主が、その中年男ということだろうか？　その可能性が、少なからずあるような気がするんだ」

と、いった。

「たしかに、その可能性はあるでしょうが、なぜ、ほかの人間に松川市之介のスケジュールを、教える必要があったんでしょうか？」

「ひょっとすると、嫌がらせなのかもしれないな」

と、十津川が、いった。

「嫌がらせですか？」

「ああ、そうだ。松川市之介のスケジュールはみんな知っているぞと、犯人は脅かすつもりなのかもしれない」

「なるほど。そういうことがあるかもしれませんね。現に、新幹線にまで電話をしてきたような男ですし」

十津川は、列車に乗る前に高松築港駅でもらってきた、何種類かのパンフレットを見ていたが、

「この琴平線は、時速何キロぐらいで走っているんだろうか？」

「おそらく、そんなに速くはないんじゃありませんか？」

「どうして？」

「今、私たちが乗っているのは普通列車で、始発の高松築港駅から終点の琴電琴平駅まで、かなり多くの駅に停まっていきますからね。それを考えて平均すると、せいぜい時速四十キロぐらいじゃないですかね？」

と、亀井が、いった。

「時速四十キロか。だとすると、車を飛ばせば、簡単に追いついてしまいそうだね」

といって、十津川は、じっと考え込んでいた。

そんな十津川の様子を見て、亀井が、

「警部は、何を考えているんですか？」

「もし、犯人が、車でこの電車を追いかけていたとする。追い抜いて、この琴平線の終点の琴電琴平駅で、この列車が到着するのを待ち構えていようと思えば、簡単に出来るんじゃないかと、そんなことを考えてしまったんだ」

と、十津川が、いった。

「たしかに、時間的には間に合いそうです。しかし、犯人は、終点の琴電琴平駅で、この列車の到着を待ち構えて、いったい、どうするつもりですか？ まさか、松川市之介を殺すようなことはしないでしょうが？」

「いや、カメさん。あまり簡単に考えない方がいいよ。犯人が、そんな行動に出る可能性は、ゼロとはいえないからね。途中の駅近くのうどん屋で、観光に来た若者たちに、次に来る琴電に、歌舞伎役者の松川市之介が乗っていると教えた中年の男がいた。もし、彼が脅迫状を送りつけた犯人だとすると、他でも、松川市之介の情報を撒《ま》き散らしているような気がするんだ」

「何のために、そんなことをするんですか？」

「そうすれば、終点の琴電琴平駅には、人気歌舞伎役者の松川市之介を一目見ようと、たくさんの市之介ファンが集まってきて、駅の構内は埋まってしまう。犯人は、そうした状況を作っておいてから、ファンに囲まれて、身動きが取れなくなった松川市之介を刺したり、殴ったりして傷つけるつもりかもしれない」

と、十津川が、いった。

この琴平線は、総距離三十二・九キロで、出発駅の高松築港駅から終点の琴電琴平駅まで、駅の数は全部で二十二である。十津川たちが乗っている列車は、その全《すべ》てに停まっていく。

十津川は、亀井に、嵐芝翫を呼んでくるように、いった。

芝翫が隣りに座ると、十津川が、顔を見ながら、

「落ち着いて聞いてください。終点の琴電琴平の駅で、松川市之介さんが、犯人に狙《ねら》われる可能性が出てきました」

「市之介が終点で狙われる？　それは本当ですか？」

青ざめた顔になって、芝翫が、きいた。

「いろいろな状況から判断したところ、百パーセントではありませんが、襲われる危険性が出てきたということです」

「そうなんですか。どうしたらいいんですか？」

「このままでは、危ないと思います。そこで、強制はできませんが、この電車に乗って終点まで行くことは避けて、どこか途中の駅で降りて、そこからタクシーかバスを使って、琴平の町に入ったほうがいいのではないかと思います」

「ということは、市之介を狙っている脅迫状の犯人も、琴平線の沿線に、やって来ているというんですか？」

と、芝翫が、きく。

「そこまで、はっきりとは分かりませんが、何となく雲行きが怪しくなっているんで

すよ。犯人は、すでに、琴平の町のどこかに潜んでいて、松川市之介さんを狙うチャンスを、うかがっているんじゃありませんか」

　と、十津川が、いった。

「分かりましたが、どうしたらいいのか、市之介と相談してきます」

　と、芝翫が席を立ち、松川市之介の傍に向かった。

　亀井は、十津川に向かって、

「私も、警部の案に賛成ですね。このまま、この電車に乗っていたら、危険な気がしてきました。松川市之介が乗っているのを、犯人も知っている可能性があるわけですから。市之介を説得したほうがいいと思います」

「そうだ。このまま、この電車で琴平に行くのは、危険だと思っている」

　と、十津川が、いった。
　五、六分すると、嵐芝翫が戻ってきて、
「市之介と話をしてきました。市之介は、危険なことは極力避けたい。警察が、少しでも事件に巻き込まれる可能性があると判断したのなら、十津川さんがいわれたように、どこか途中の駅で降りて、そこからバスかタクシーを使って、琴平の町に行ってもいいと、市之介は、そういっています。とにかく、明後日からの芝居を何とか無事に成功させたいというのが、市之介の願いですから」

と、十津川に、いった。

亀井が十津川を見て、よかったというように、小さくうなずいた。

十津川は、琴電琴平線の路線図を眺めながら考えていたが、

「それでは、用心のために、終点の琴電琴平駅まで行かずに、途中の駅で降りることにしましょう」

と、いった。

2

十津川が、嵐芝翫に、琴電琴平線の路線図を見せて、

「私は、琴電に乗るのは初めてなので、どの駅で降りたらいいのかは、正直いって分かりませんが、とりあえず、この滝宮《たきのみや》という駅で降りることにしましょう。発車寸前に降りて、すぐ駅舎のかげに隠れてください。私と亀井刑事も、その滝宮駅で発車寸前に飛び降りて、すぐに駅舎に隠れるようにしますから」

ここから二つ目の駅が、十津川が降りることに決めた滝宮駅である。そこが、いっ

たい、どんな駅なのかは、十津川も全く知らない。それでも、この駅で降りると決めたからには、何としてでも成功させなくてはならない。

やがて、電車が滝宮駅に着いた。

歴史を感じさせる木造の駅舎だが、大きく立派である。これなら出発寸前に飛び降りて、身を隠す場所には困らない。駅舎の中に身を隠してしまえば、危険は回避できるだろう。

十津川は、そう思った。

発車ベルが鳴り響いた。その瞬間を狙って、十津川と亀井の二人は、ホームに勢いよく飛び降りた。

歌舞伎役者の松川市之介と番頭役の嵐芝翫も、もう一つの乗車口から、十津川に指示されたように飛び降りる。

その時、いちばん年上の嵐芝翫が、足をもつれさせて転びそうになった。それを、市之介が支えるようにして助け、駅舎の陰に身を隠した。

十津川たちが今まで乗っていた、レトロ電車は、走り出すとたちまち小さくなり、やがて消えていった。

滝宮駅には、人の姿はほとんどなく、がらんとしている。

改札口を出ると、十津川は携帯を使って、近くのタクシー会社に電話をし、タクシーを二台、大至急、滝宮駅に回してほしいと頼んだ。芝翫からは、こんぴら歌舞伎の手伝いをしている地元の青年たちに連絡すれば、迎えに来てくれるはずだと提案されたが、関係者には連絡しない方が、安全だと考えていた。

しかし、東京のようには、タクシーがすぐには来ず、十津川は、イライラしながら到着を待った。

しばらくすると、やっと一台のタクシーがやって来たが、もう一台は、なかなかやって来ない。漫然と、もう一台のタクシーを待っている時間はなかった。電車を降りてしまうと、電車に乗っていた時とは違った、別の危険が予想された。

そこで、十津川は、もう一台のタクシーを待たずに、今来ているタクシーに、四人で乗り込んで、琴平に向かうことにした。

タクシーの助手席に、嵐芝翫を乗せ、リアシートには十津川と亀井、そして、二人で挟む形で、松川市之介を乗せた。窮屈な思いをさせるが、警護のためには、仕方なかった。

タクシーが琴平の町に入った時、周囲は、すっかり暗くなっていた。

この琴平という町は、こんぴらさんの、いわゆる門前町である。

町の中の至るところに「しあわせさん、こんぴらさん」と、ひらがなで書いた幕が掲げられ、金比羅の紋がついている。「金」の字に似た紋は、丸の中が「人」「長」「平」が合体したように形作られ、人が長く平和に、という願いが込められているという。

そのほか、やたらに、のぼりが立っているのが目につくのも、いかにも神社の町の雰囲気だった。

タクシーが琴電琴平駅のそばを通る時、十津川が眼をやると、ホームは、たくさんの人で溢《あふ》れていた。おそらく、一番人が集まる時期でも、ここまで多くはないだろう。

十津川が予想した通り、琴平着の電車で、歌舞伎役者の松川市之介が到着するというウワサが広がって、観光客や地元の人たちが、松川市之介を一目見ようと集まっているのだろう。犯人は、この騒ぎにまぎれて、市之介を殺そうと考えたのか。

琴平の町には、ホテルというものはほとんどなく、旅館が立ち並ぶ。

松川市之介のために、地元の青年団が用意しておいてくれた旅館に着くと、青年団の若者たちが、二人を歓迎した。

「琴平駅に着いたという連絡がなかったので、心配していたんですよ。よかったです、無事に着かれて。関西歌舞伎の片山新太郎さんは、すでに到着されて、皆さんが来るのを待っていらっしゃいますよ」

と、青年団の一人が、ホッとしたような顔で、市之介に、いった。

青年団に囲まれている市之介を見て、十津川は、少しばかり安心した。今度は亀井と一緒に、自分たちが泊まる旅館を探さなければならない。

町の通りは、とにかく狭い。しかも、狭い通りの両側から、大きなのぼりが何本も突き出されているので、なおさら狭く感じられる。

どののぼりにも、歌舞伎文字というのか、墨で書かれた、大きな独特の文字が並んでいる。中には、何と書いてあるのかが分からない、のぼりもあった。

十津川は、松川市之介と嵐芝翫が泊まる旅館の近くに、自分たちが泊まる旅館を見つけ、荷物を部屋に置いてから、亀井と一緒に、金丸座を見に行くことにした。

明日から、金丸座を警護して、松川市之介を守らなければならない。だから、事前に、しっかりと見ておこうと思ったのである。

賑《にぎ》やかな通りをしばらく歩いていくと、通りに面して、昔風の建物が見えてきた。瓦屋根の、いわゆる芝居小屋で、それが金丸座だった。

その芝居小屋の前には、のぼりが二十本近く林立していて、どれもこれも、松川市之介と片山新太郎の名前が、歌舞伎文字で大書されてあった。すでに公演の準備は整っているという雰囲気だった。

その後、いったん琴電琴平駅に戻ってから、十津川たちは、近くにあったカフェに入った。

広い店内は、混雑していた。おそらく、ついさっきまで琴平駅を埋め尽くしていた観光客たちが、いつまで待っても肝心の松川市之介が、姿を現さないので、仕方なく諦《あきら》めて、その一部が、このカフェに流れてきたのだろう。

十津川と亀井の二人は、奥のテーブルに座り、黙ってコーヒーを飲みながら、周りのテーブルにいる客たちの話に耳を傾けた。

「ウソをつきやがって」

と、憤慨している青年もいれば、

「ずっと待っていたのに、すっかり騙《だま》された」

と、ガッカリしている女性もいた。

どうやら、駅に集まっていた人たちは、琴電に乗った松川市之介が、琴電琴平駅に着くものと、信じ込んでいたらしい。それで、憤慨したり、落胆したりしているのだ。

「駅は松川市之介のファンで、すごい人だかりだったようで、やっぱり、途中で降りて正解でした」

亀井が、声をひそめて、いった。

「おそらく犯人が、何時何分着の電車で、歌舞伎役者の松川市之介が琴電琴平駅に着くという話を、SNSかなんかで言いふらしたんだ。それがあっという間に広まって、大勢の観光客たちが、松川市之介を見たくて、駅に集まってきていたんだろう」

「松川市之介は、本当に人気があるんですね」

「それにしても、あの駅の混雑ぶりを見たら、途中の滝宮駅で降りて、ここまでタクシーを使ってよかったよ。もし、滝宮で降りずに、あのまま電車で琴平に来て、あの人混みに巻き込まれたら、市之介も身動きが取れなくなって、大混乱したね。犯人は、その最中、混乱に乗じて、松川市之介をナイフか何かで刺すつもりだったのかもしれない」

と、十津川が、いった。

次第に、琴電琴平駅の周辺にいた観光客の数が少なくなっていった。おそらく、諦めてそれぞれ宿泊先に帰っていったのだろう。

二人も旅館に戻ることにして、部屋に入ると、十津川がすぐ、東京の三上《みかみ》刑事部長に、電話をかけた。

三上は、電話に出ると、

「そちらの状況はどうだ？　何か変わったことはないか？」

と、いった。

「こちらは、何となく、ややこしいことになっています」

と、十津川が、いった。

「ややこしいこと？　いったい何だ、それは？」

三上が、きく。

「ややこしいというか、私には、どうにも納得がいかないのです。今回の犯人が、どうして松川市之介が、こんぴら歌舞伎に出演するのを妨害するのか、まず第一に、その理由が分かりません。ひょっとすると、犯人にとっては、金丸座への出演自体は、どうでもいいことで、本当は、ほかの理由で、松川市之介を危険な場所に追い込もう、危害を加えようとしているのかもしれません。その辺のところが分かれば、今回の事件は、解決に近づいてくれるはずなのですが、今のところ、その糸口が見つからないのです」

と、十津川が、本音を口にした。

この苛立《いらだ》ちは、本物だった。

とにかく、何者かが松川市之介を脅迫し、こんぴら歌舞伎に出るなといっているのだが、犯人の見当もつかないし、こんぴら歌舞伎に出演するなと脅す理由も、わからないのである。

東京にある歌舞伎座に出るなというのなら、まだわかる。役者仲間か、他の役者のファンの嫉妬《しっと》だろう。しかし、金丸座に出演するのは、華やかな仕事というより、サービスの感じがするし、著名な役者は、松川市之介と片山新太郎の二人だけである。派手な舞台というわけではないし、多額のギャラが出るわけでもないだろう。嫉妬の対象にはなりそうもないのだ。現に、来年の金丸座の出演者は松川市之介ではなく、別の役者に決まっているのである。

もう一つは、殺された尾形社長のことである。

最初、嵐芝翫たち関係者は、脅迫状の主は、尾形社長に違いないと言っていた。尾形は、松川市之介の最大のパトロンだった。尾形の考えでは、松川市之介のような、若手で人気のある役者は、歌舞伎座や、国立劇場のような第一級の劇場で腕を磨くべきだ、ということになる。地方の芝居小屋に出たりするのは、単なる自己満足でしかない、と批判していた。

だから、脅迫者は尾形社長に違いないと考えていたのだが、その尾形社長が殺され、脅迫者ではないとわかると、関係者は、戸惑いと恐怖の二つを、同時に感じていた。

脅迫者を尾形社長だと思っていた人たちは、困惑を覚えながらも、尾形社長が脅迫者なら、かわいい松川市之介をまさか殺したりはしないだろうと、安心していたのである。

ところが、その尾形社長が殺され、彼が脅迫者ではないことがわかったとたん、松川市之介は震えあがったにちがいない。

松川市之介を脅迫した犯人は、依然として、どこかにいる。しかも、市之介に対して、何をするか、わからないのだ。

「尾形社長しか、考えていませんでした」

と、市之介は、十津川にいった。

「尾形社長がナイフを持って現れたら、『社長、冗談がきついですよ』といって、頭を下げたら大丈夫だと思っていたんですよ。一発くらい殴られれば、許してくれると思っていたのに、本当に怖くなりました」

どのような姿で、脅迫者が現れるのか、今のところ、十津川にも想像がつかなかった。

第三章　本朝飛行故事始《ことはじめ》

1

十津川は、問題の歌舞伎《かぶき》の上演まで、まだあと一日の余裕があるので、亀井を連れずに、一人で、公演の舞台である金丸座に出かけた。

明日が、いよいよ初日ということで、小屋の入り口には、松川市之介と片山新太郎、二人の大きな看板が、掲げられていた。

しかし、三日間、どんな演目を、やるのかということを書いたポスターのようなものは、どこにも見当たらない。

そのことに不審の念を抱きながら、十津川が小屋の中に入っていくと、番頭役の嵐芝翫が、十津川を迎えた。

十津川は、入り口で靴を脱がされ、代わりに下足札を渡された。

十津川は苦笑して、

「平成の今でも、ここでは、全《すべ》て江戸時代の芝居小屋と同じように、やるんですね。その辺は、徹底していますね」

「ウチの松川市之介も、関西歌舞伎の片山新太郎さんも、それに私もですが、ここでは、なるべく昔のままの装置とやり方を尊重して、できる限り、変えることなく、そのままの形でやってみようと考えています。たとえば、ライトの代わりに、二階にある明り取りの窓を、開けたり閉めたりして照明の調節をするんです。金丸座の特徴ともいえる回り舞台は、人力で舞台を回さなくてはいけませんので、例年通り、この町の若い歌舞伎ファンの人たちに、協力してもらうことになっています」

と、嵐芝翫が、いった。

舞台の上では、五、六人の道具方が、板を組み合わせて、箱のようなものを作っていた。

十津川が、

「これは、いったい、何に使うものですか？」

と、きくと、

「今回は、新しい演目をやることになっているので、そのための大道具を準備しているんですよ」

と、芝翫が、いった。

もう少しすれば、松川市之介が、今回の新作を書いた作者を連れて来るという。

そのことに、十津川は戸惑った。

歌舞伎の世界には、昔から、歌舞伎十八番という言葉がある。名門の市川家で、江戸時代に、七代目の団十郎が、市川家の十八番を発表した。その中には、「鳴神《なるかみ》」とか「毛抜《けぬき》」とか、「暫《しばらく》」、「助六」、「勧進帳」など、よく知られている演目が入っていて、十八番という言葉は、今でも生きている。

明治になってそれぞれの家の特に定めた演目を「家の芸」として制定しており、この金丸座では、その中の一つを選んで、毎年上演してきたと、十津川は聞いていたのである。それが、今年は伝統あるその「家の芸」をやらずに、新作をやるという。十津川は、そのことに戸惑ったのだ。

嵐芝翫は、十津川のそばに寄ると、声を落として、

「実は、例の脅迫状の件ですが、この金丸座にも、何回か届いていて、それは『四国の金丸座などという辺鄙《へんぴ》なところで、松川家の「家の芸」を、やるべきではない。どうしても、「家の芸」をやりたいというのであれば、歌舞伎座で、堂々とやれ』という内容だったのですよ。こういった手紙も、尾形社長が出したものだと、私たちは思っていました。ところが、尾形社長が亡《な》くなったことで、犯人は別にいると分かりました。犯人は冗談ではなく、私たちを真剣に狙《ねら》っているらしいことが、はっきりしました。それで、いろいろと考えた末、今年は松川家に代々伝わる『家の芸』はやらずに、新しい演目を急遽《きゅうきょ》やることにしたのです。幸い、脚本はすでに腹案があったので、なんとか間に合いそうです。もちろん、踊りの方は、例年どおりです」

「どうして、金丸座に来ていた脅迫状のことを、今まで黙っていたのですか」

と、十津川が、少し怒ったようにいうと、芝翫はバツがわるそうな顔になった。

「松川市之介に対する脅迫状ではなく、金丸座への脅迫状だったものですから……。それに、金丸座のオーナーと相談してからでないと、お話しできないと思ったのです。それに、新しい演目が本当に間に合うかどうかも心配でした」

新しい演目が本当に間に合うかどうかも心配でした」

舞台は間に合っても、ポスターまでは間に合わなかったのかもしれないと、十津川

は思った。新作が間に合うかどうか、ぎりぎりまで見極めていたのかもしれない。

十津川は、職人たちが、細い板を組み合わせて、箱のようなものを作っているのを見ながら、

「これが、新しい芝居の中で使われるものですか？」

「その通りです」

「これは、いったい何ですか？　私には、隙間《すきま》だらけの桶《おけ》のように見えますが」

と、十津川がいうと、芝翫は笑って、

「この中に、椅子《いす》が入ります」

と、いう。

「ここに、椅子を入れるんですか？　いったい、どういうことなのか、想像がつきませんが」

「昔の飛行機ですよ。飛行機の操縦席です。飛行士がこの中に入り、太いゴムでプロペラを回して飛ぶのです」

と、芝翫が、いう。

その後、松川市之介と片山新太郎が、この新しい芝居の台本を書いた作者を紹介してくれた。

名前は宮野弥一《みやのやいち》、六十歳だという。

十津川は、その名前を聞いたことがなかったが、地元ではかなり有名な劇作家であるらしい。その彼が、いう。

「今年は、伝統的な演目ではなく、新しい芝居をやるかもしれないといわれていたので、いろいろと考えました。正式に言われてから書いたのでは、とうてい間に合いませんし。そこで、私のほうから、四国の金丸座でやるのですから、四国の偉人を、主人公にしたらどうですかと提案しました。皆さん、私の提案に賛同してくださったので、今回は、二宮忠八《にのみやちゅうはち》を主人公として書いた脚本を提供したのです。これなら、以前書いた脚本の手直しですみます」

「申し訳ありませんが、宮野さんが挙げられた二宮忠八という名前は、どこかで聞いたような気がするんですが、どこで聞いたのか思い出せません。どんなことをやった人ですか？」

十津川が、正直にいうと、宮野は笑って、

「二宮忠八は、あのライト兄弟よりも先に、四国で飛行機を作って飛ばした英雄ですよ。愛媛県の八幡浜《やわたはま》の生まれで、四国の英雄というと、今は、誰もが例外なく坂本龍馬《りょうま》を挙げるでしょうが、私にとっては二宮忠八のほうが、もっと素晴らしい英雄なんです」

　そういって、宮野は用意してきた、模型飛行機を見せてくれた。

「これが、二宮忠八が考案した玉虫型飛行器です。動力はゴムですが、それでも、二宮忠八は、ライト兄弟よりも十年も前に、この飛行機を飛ばしているんです」

　と、宮野は、興奮した口調でいった。

　十津川に見せてくれたのが、その玉虫型飛行器の模型だという。

　宮野は、二宮忠八という人物について、熱心に説明してくれた。

「二宮忠八は、一八六六年、慶応二年の六月九日に、愛媛に生まれました。日本における飛行機開発の先駆者といわれている人ですが、なぜか最近は、二宮忠八のことを知らない人が、多くなってしまいました。私は、そのことが残念でならないのです」

「たしかに、今、二宮忠八のことを知っている人は、ほとんどいないでしょうね」

　十津川も肯《うなず》いた。

「一八九三年に、二宮忠八は陸軍にいたのですが、ゴムでプロペラを回す飛行機を完成させてから、上申書を出し、『これからの戦争は、間違いなく飛行器の時代です。ですから、この飛行器を、日本の軍隊で採用して頂きたい』と、申し出たのです。ところが、時代にあまり敏感ではなかった日本陸軍は、二宮忠八の上申書を却下してしまったのです。何と、ライト兄弟が飛行機を発明する十年も、前のことなんです。しかし、却下されてしまったので、二宮忠八は軍隊を去って、民間の製薬会社に勤めながら、飛行機の研究を続けました。そのうちに、自分よりも先に、アメリカで飛行機が飛んだというニュースを聞いた二宮忠八は、失望して、飛行機の研究を止《や》めてしまったのです。私にいわせれば、二宮忠八は、飛行機を考えるのが、あまりにも早すぎたのです。陸軍の理解があれば、二宮忠八の発明した玉虫型飛行器が、ライト兄弟よりも先に、この四国の空を飛んでいたのですよ。日頃から、二宮忠八のことを考え、誰にみせることもなく脚本にしていたので、この際ぜひ、彼を主人公にした芝居をやってくださいと、お願いしました」

と、宮野が、いった。

それに合わせるかのように、松川市之介も、興奮した口調で、十津川にいう。

「二宮忠八が、軍隊に採用して貰《もら》おうとした玉虫型飛行器を作って、飛ばそうと思っているんですよ。天井にロープを張りましてね。私がこの飛行機に乗り込んで、滑空します。『かけすじ』という装置を使うのですが、いわゆる、宙乗りですよ。今回、由緒ある『家の芸』ができない口惜《くや》しさを、その宙乗りで、解消しようと思っているんですよ」

関西歌舞伎の片山新太郎が、その言葉を引き取るようにして、

「今回の公演は、私も、とても楽しみにしているんですよ。当時は、人間が空を飛ぶなんてことを考えるなんて、頭がおかしいと思われていたそうです。特に、日本の軍隊は歩兵が主役で、地に足をつけず飛んだり跳ねたりするのは、恥ずかしいことだといわれていたようですからね。そうした奇人扱いされていた二宮忠八を助ける、資産家の人妻が、私の役どころになっています」

と、いった。

作者の宮野弥一は、

「模型の玉虫型飛行器を、私の仲間が、一生懸命に作っているところです。小型の模型を十機ほど作って、お客さま方に抽選で差し上げようと思っています。四国の人でも、最近では、二宮忠八のことをすっかり忘れてしまっているので、何とか今回の公演が話題になり、それをきっかけに、もう一度、郷土の偉人、二宮忠八のことを思い出してほしいと思っています」

その後、操縦席が出来あがり、大きな翼が取りつけられると、確かに、飛行機らしくなってきた。これなら、まさしく宙乗りに見えるだろう。

十津川は、以前、ある事件を担当していた時、歌舞伎の稽古《けいこ》を見たことがあった。

その時に見た風景と、今、金丸座の舞台で行われている稽古には、大きな違いがあった。

歌舞伎の稽古が、ほかの演劇の稽古と違うのは、歌舞伎には演出家がいないことである。

演出家の典型的な例は、亡くなった蜷川幸雄《にながわゆきお》だろう。蜷川の演出の厳しさは、しばしば新聞やテレビなどでも話題になるが、歌舞伎の場合には、そうしたことはまずない。

何しろ、ほとんどの演目が、江戸時代から何百回、何千回と繰り返されてきたのだ。さまざまな型が、出来あがっている。そこで、ベテラン役者が自分の経験した型を話したり、江戸時代の古い演出を話して、上演に持っていくのである。

そんな歌舞伎の稽古を見ていた十津川にとって、原作者がいて、その原作者が歌舞伎役者を演出しているのは、歌舞伎の稽古としては、どこか異様な感じだった。そこに、十津川は、脅迫者に対する松川市之介や、片山新太郎の戦いを感じ取ることができた。

番頭役の嵐が、十津川に近づいてきて、

「今日は遅くまで、稽古が続きそうです。本当なら、公演の前日なんかではなく、もっと早くから金丸座に入って、稽古をするのがふつうですからね。今回は、市之介も片山新太郎さんも忙しくて、スケジュールが空かなかったので、直前に入ることになったのです。もちろん、東京で台本は頭に入れて、一人で稽古もしてきています」

と、いった。十津川が、

「それだけですか？」

ときくと、嵐は首を横に振った。

「脅迫状の件があったので、金丸座には長くいない方がいいと、相談の結果、そうなったのです」

稽古の間は、関係者以外、中に入れないようにと、十津川は、刑事たちに命じた。

舞台稽古とは別の場所には、看板を描く職人が来ていて、明日の朝から小屋の入り口に飾る、新しい演目「本朝飛行故事始」の大きな看板を描いていた。

2

翌日、金丸座の前は、朝早くから、たくさんの歌舞伎ファンで埋まっていた。その何人かに当たってみると、日本中から、ここ、金丸座に来ていることが分かった。それだけ、こんぴら歌舞伎というのは有名になり、人気を集めているのだろう。

その上、今回の演目は歌舞伎十八番の「勧進帳」とか、「鳴神」など伝統的な演目ではなくて、新作の「本朝飛行故事始」である。どんなものかと、好奇心を露《あら》わにしながら、観客がドッと集まってきているのだ。

十津川と亀井は、客席には座らず、入り口と楽屋口で警戒に当たることにした。もの珍しい新作なので、最初のうち、客は少し戸惑いながら見ていたようだったが、最後のところで、満員の観客席が沸いた。

玉虫型飛行器の操縦席に、松川市之介が乗り込んで、一階から、大きな翼を羽ばたかせながら、二階に向かって飛んでいく。いわゆる、宙乗りである。

その迫力に、客たちが、一斉に歓声を上げたのである。

最後は、市之介と新太郎を中心とした踊りで、幕が下りた。

その後、作者の宮野弥一が登場して、郷土の英雄である二宮忠八について簡単に説明し、十機作られた玉虫型飛行器の模型を、抽選に当たった客に配ると、客たちは満足をした表情で帰っていった。

役者たちが化粧を落としている間に、十津川たちは、市之介たちに、今日の芝居のことを聞いた。

最初に話が聞けたのは、嵐芝翫である。

「皆さんのおかげで、初日を無事に終えることができました。どうもありがとうございました」

と、芝翫が、十津川たちに向かって、頭を下げた。

その芝翫に向かって、

「正直に答えていただきたいのですが、皆さんがわれわれに、何か、隠していることはありませんか？」

と、十津川が、きいた。

「滅相もありません。そんなことは全くありません」

と、慌《あわ》てた感じで、芝翫がいう。

その間に、松川市之介と片山新太郎が、化粧を落とし、浴衣《ゆかた》姿になって、楽屋から出てきた。

そこで、十津川は、彼等にきいた。

「脅迫状のこととか、殺された尾形社長のこととか、これまでに、いろいろとお話を聞かせて貰いました。しかし、肝心なことを、まだ私たちには話されていませんよね？」

「肝心なこと、といいますと、たとえば、どんなことでしょう？」

と、市之介がきく。

「ズバリ申し上げれば、皆さんの女性問題です。最初、脅迫者は、後援者の尾形社長らしいという話をお聞きしました。その尾形さんが殺された後は、犯人には全く心当たりがないと、そういわれましたね？」

「ええ、その通りです」

「しかし、市之介さんは、年齢もまだ若いし、将来の歌舞伎界を背負って立つホープといわれています。それだけに、女性との噂《うわさ》も、いろいろと聞いています。それなのに、どうして今回の事件では、女性の影が全くないのでしょうか？　そんなことはあり得ないと、私は思っています。しかし、皆さんは女性問題については、何も話されない。まさか、犯人は女性ではなく、男性だと決めつけているわけではないでしょうね？　どうなんですか？」

十津川がいうと、市之介と芝翫は、黙って顔を見合わせていたが、番頭役の芝翫が、

「それはですね……」

と、いいかけた。市之介は、芝翫を手で制して、

「そのことについて、私がお話しします」

と、芝翫に声をかけた後、十津川に向かって、

「たしかに、今、十津川さんがいわれたように、今回の犯人が女性である可能性も否定できません。後援会の会長だった尾形さんが亡くなってからは、犯人が女性である可能性が大きくなったと、私も思っていましたが、わずか三日間だけの、こんぴら歌舞伎の公演なので、私としては芝居に全力を傾けたかったのです。今ここで、女性の事が問題となると、話がややこしくなって、それだけ芝居心がうすくなってしまうことが怖かった。それで、十津川さんには申し訳ないなと思いながら、女性のことは話すまいと決めていたんです」

と、いった。

「ということは、特定の女性の名前も浮かんでいるわけですか？」

亀井が不遠慮にきくと、市之介は一瞬考えた後で、

「尾形さん以外の容疑者となると、考えられるのは、二人の女性です」

と、いった。

「それはあくまでも、プライベートの話ですから、今回の事件には――」

と芝翫がいいかけるのを、市之介は、再び眼で制して、

「いやいや、この際、刑事さんに全部聞いていただきますよ。そう決めました」

と、いい、楽屋の隅に置いてあったスーツケースを持ってくると、そこからハガキ大の二枚の写真を取り出した。

「この二人です。いずれお話しするつもりで、持ってきていました」

と、いいながら、十津川に見せた。

片方の女性は、十津川も名前を知っている、男性に人気の美人女優だった。たしか、名前を、千石《せんごく》あやという、三十代の女性である。

もう一人の女性のほうは、十津川の全く知らない顔だった。

「こちらは、たしか女優の千石あやさんですね？」

「そうです」

「以前、週刊誌か何かで、市之介さんと親密な関係にあるという記事を、読んだことがあるような気がしています。もう一人の女性のほうは、私の全く知らない顔ですが、こちらも女優さんですか？」

「私が説明するというのも、おかしな話だから、あなたから、刑事さんに、このお二人の説明をしてさし上げなさい」

市之介が、芝翫にいう。

「十津川さんも、ご存じだと思いますが、松川市之介は、歌舞伎以外にも映画やテレビに、ちょくちょく出演させてもらっています。今から一年半ほど前に、テレビドラマで市之介は、こちらの千石あやさんと共演しています。千石あやさんは、前々から週刊誌などで、恋多き女と呼ばれていますが、歌舞伎が好きで、歌舞伎座にも、よく見に来られています。そんなことから、ウチの市之介と親しくなったのです。ただ、市之介のほうは、千石あやさんのことを、それほど好きになったわけではなかったんです。ですが、千石あやさんのほうは、市之介を盛んに食事や飲みに誘い、その一方で、マスコミに、自分と松川市之介が、いかに親密な仲であるかを吹聴《ふいちょう》するので、私どもでは困っております。二人で一緒に食事をしている写真とか、ドラマ撮影の合間に、二人がいかにも親しげに話している写真とか、そんなものが、何度となく週刊誌に出ました。おそらく、彼女自身が、週刊誌に二人の写真を持ち込んだか、あるいは市之介との親しさを売り込んだ結果、週刊誌が張り込んで撮ったものかと思われます」

「私が読んだ週刊誌の記事には、お二人が近い将来、結婚するようなことが書いてありましたが、本当ですか？」

と、亀井がきくと、芝翫が笑って、

「いいえ、そんなことはありません。それも全て、彼女が勝手に週刊誌の記者にしゃべったことで、それが記事になって載ったのでしょう。少なくとも市之介には、彼女と結婚しようという気持ちは全くありません。彼女だけではなく、今の市之介には、誰とも結婚をするつもりはないです。ただひたすら歌舞伎の勉強をする期間だと、本人はいっておりますから」

「それでは、こちらの女性は、どういう人ですか？」

と、十津川がきく。

これも市之介に代わって、芝翫が答えた。

「少々度を超えた、市之介の熱狂的なファンの女性です。市之介は、まだ新之介《しんのすけ》と呼ばれていた十代の頃から、人気があって、その頃、すでに後援会ができていました。その後援会を作った方が、先日亡くなった尾形社長です。現在、その後援会は、あまりにも会員の数が多くなったために、尾形さんの考えで、会員の人数を千人に限定しています。その千人の会員の一人だったのが、こちらの女性で、名前は小森《こもり》さつきさんです。たしか年齢は、三十歳くらいのはずです」

「その小森さんですが、会員だったというと、今は違うのですか？」

「今も申し上げたように、熱心な市之介ファンの一人ですが、連日のように、手紙を送ってくるので、実は、私どもでも困っていたのです。女優の千石あやさんと市之介のことが、週刊誌に載った時には、歌舞伎座の客席で、この小森さんが服毒自殺を図りましてね。幸い命は助かったのですが、大騒ぎになりました。その時、この先、何かあっては困るというので、尾形社長にも相談して、後援会を辞めていただいたのです」

「後援会を辞める時、彼女との間で、トラブルにはならなかったんですか？」

「ありがたいことに、特にトラブルといったものはありませんでしたね。彼女がすんなりと、こちらの申し出を受け入れてくれましたから。それがたしか、一年ほど前でした。その後、彼女の消息は全く聞かないのですが、四国の松山の生まれ育ちと聞いていますので、今回の金丸座の公演に、姿を見せるのではないかと思っているのです。今のところ、客席の中に、小森さんの顔は見当たりませんでしたが」

二人の女性が関係しているという話を受けて、十津川は急遽、東京から、女性刑事の北条早苗《ほうじょうさなえ》を呼んだ。

北条刑事には二人の写真を渡し、その顔をしっかりと頭に叩《たた》き込んでおくようにと、いった。

二日目の公演も、何のトラブルもなく成功した。

松川市之介の、一風変わった宙乗りが評判になり、東京から、テレビ局や雑誌社が取材にやって来ていた。

3

そして、三日目になった。

十津川は最終日の三日目こそ、いちばん警戒すべき日だろうと、考えていた。

今回は、三日間で終わる、短い公演である。それでも、三日目は千秋楽ということで、特別に、上演前に出演者全員が揃《そろ》って、舞台から観客に、お礼の挨拶《あいさつ》をした。

その舞台挨拶が終わると、市之介は急いで楽屋に戻った。上演に備えて化粧をし、二宮忠八の扮装《ふんそう》をしなければならなかったからである。

一人で鏡の前に座った途端、その鏡に便箋《びんせん》が一枚、折りたたんで、テープで貼《は》りつけられていることに気がついた。

化粧をしながら、市之介は、片手でその便箋を開いた。

そこには、パソコンで打たれた、こんな文章が書かれてあった。

「東京に帰ったら、私と一日を過ごすこと。

その一日は、私のいいなりになること。

もし、OKなら、宙乗りの時に、この紙で折った紙飛行機を飛ばすこと。

この要求を拒否すれば、今日の楽日に、客の一人を無差別に殺す」


それが、便箋に書かれていた文字だった。よく見るとその便箋は、正方形である。折り紙に近い便箋なのだ。

その便箋を、市之介は化粧をしながら、嵐芝翫に向かって、放り投げた。

芝翫は、書かれた文章を確認すると、すぐ十津川を呼んだ。

脅迫文に目を通した十津川は、市之介と芝翫に向かって、

「この手紙ですが、誰が書いて寄こしたのか、想像がついていますか？」

「いいえ、全く分かりません」

と、芝翫がいうと、市之介も、

「私にも心当たりがありません。現在、客席に千石あやさんも、小森さつきさんもいませんので、全く分からないです」

と、いった。

「それでは、一応、宙乗りの時に紙飛行機を飛ばして、この脅迫状の主に、OKの返

事をしてください」

「犯人にＯＫの返事をして、大丈夫でしょうか？」

市之介が、心配そうな顔できく。

「大丈夫です。何の心配もありません」

「その後は、どうなりますか？」

「われわれが、徹底的に調べて犯人を見つけだします」

と、十津川が、いった。

すぐに、その便箋で紙飛行機が折られた。

それを持って、市之介が操縦席にもぐり込む。

最後の宙乗りである。

玉虫型飛行器の操縦席に座って、一階から二階に向かって飛んでいく。その途中で、市之介は、犯人の指示通りに、紙飛行機を飛ばした。

飛行機は、ゆっくりと円を描きながら、客席に落ちていった。

舞台の袖《そで》から、その様子を、十津川と刑事たちが、じっと見つめた。紙飛行機を、観客席の誰が拾うのか、もし、夢中になって拾おうとする者がいれば、その人物が、容疑者の一人ということになるかもしれない。

しかし、紙飛行機は、誰にも拾われることなく、花道の上に、ゆっくりと舞い降りた。

途端に緞帳《どんちょう》が下ろされ、満員の観客席からは、前の二日間と同じように、大きな拍手が響いた。座員の一人が、紙飛行機を素早く拾いあげて、楽屋に持ってきた。

全てが終わって、観客のいなくなった金丸座の舞台に、十津川と刑事たち、松川市之介、片山新太郎、そして番頭役の嵐芝翫が集まった。

「まず三日間が無事に終わり、ほっとしています」

と、市之介が代表する形で、挨拶した。

「こちらに来る前に、いろいろとあったので、ひょっとすると失敗するのではないかと不安でしたが、何とか何事もなく終わって、安心しました」

「今夜、旅館で休んでから、明日、それぞれ東京と大阪にお帰りになるんですね？」

十津川が、確認するように、きいた。

「そうです。東京に帰って、次の芝居の稽古をしなければなりませんからね。本当は、ゆっくり、こんぴら参りをしたいのですが」

「旅館に戻る前に、一時間だけ、今回の事件について検討したいのですが、よろしいでしょうか？」

　十津川が提案し、全員が了承すると、用意してきた三十二インチのモニターを、楽屋の電源につなぎ、十津川が舞台の袖口から撮った、客席の写真を写し出していった。

「私は、客席に問題の二人、女優の千石あやさんと、ファンの小森さつきさんが、いるかも知れないと思い、何枚も客席の写真を撮りました。今、画面に写しているのが、その写真です。この中に、問題の二人は写っていますか？　私が見る限りでは、この二人の女性は、客席には、いないようなのですが、どうでしょうか？」

　と、十津川がきいた。

　市之介が答える。

「私も、脅迫状が楽屋の鏡に貼ってあったので、宙乗りをしながら、客席が気になっていました。しかし、刑事さんのいうように、千石あやさんも、小森さつきさんも、見当たりませんでしたね。絶対とはいいませんが、今日の観客席には、この二人はいなかったと見ていいと思います」

「二人のうちの、どちらかが犯人だとしたら、どうして、OKなら紙飛行機を作って、宙乗りの時に飛ばせと、いったのでしょうか？　その場にいなければ、OKかどうかの確認ができないと思うのですが」

　と、亀井が、いう。

「問題の便箋に書かれていた文字ですが、明らかにパソコンで打ったものですから、筆跡は分かりません。千石あやさんから手紙をもらったことは、今までに何回かありますが、パソコンで打ったものではなくて、全て自筆で書かれたものでした。小森さんの手紙の場合は、いつもパソコンですが、今回も同じパソコンで打ったものかどうかは、私には分かりません。あるいは、二人以外の人が、あの脅迫状を送ってきたのかもしれません」

と、市之介が、いった。

座員が、花道で拾った紙飛行機を、十津川のところに持ってきた。

十津川は、それを手に取って、

「この紙飛行機は、便箋で折ってありますが、白い色なので、金丸座の照明でも、誰の目にも、飛ぶところが、はっきりと見えたはずです。客席に、問題の二人の女性はいなかったようですが、最後の宙乗りの時に、紙飛行機が飛ぶかどうかを見てきてくれと、どちらかの女性が、誰かに頼んだのかもしれません。ですから、脅迫状を書いたのが、この二人ではないと、断定はできないのです」

「男か女かを、決めつけてしまうのも、今の段階ではまずいでしょうね」

と、亀井もいう。

「仮に犯人が、千石あやさんか、小森さつきさんのどちらかだったとして、この脅迫状の文面を見て、市之介さんには、二人のうちのどちらが書いたか、想像できますか？」

と、十津川がきく。

「それは、ちょっと分かりません。男性がわざと、女性のような感じで書いたかもしれませんしね」

「しかし、東京に帰ったら、一日付き合え、私のいいなりになれと書いてありますから、この手紙を書いた人間は、東京に帰れば、自然に分かりますよね？　向こうから連絡をしてくるでしょうから」

と、亀井がいう。

「小森さつきさんという女性は、四国の松山の生まれだという話でしたが、女優の千石あやさんも、四国の生まれですか？」

「いや、千石あやさんは、たしか、京都の生まれです。いつだったか、本人が、そういっていましたから」

市之介が答えた。

「犯人は、一日だけ、自分に付き合えといっていますが、市之介さんは、一日くらいなら付き合ってもいいと思いますか？」

　と、十津川がきくと、市之介は苦笑しながら、

「そうですね、歌舞伎役者も芸人ですから、ファンの人と、一日ぐらいなら、付き合ってもいいと思いますよ。ただ、女優の千石あやさんなら、安心ですが、小森さつきさんのほうは、少しばかり怖いですね」

「それは、どうしてですか？」

「小森さつきさんという女性は、何をするか分かりませんから」

　市之介がいうと、芝翫が付け加えるように、

「私がいちばん心配なのは、紙飛行機に書かれた脅迫文なんです。脅迫文を、犯人と私たち以外の第三者が読んでいる可能性は、あるでしょうか？　もしいれば、絶好の週刊誌ネタになりますから、書かれてしまう恐れがあります」

「私は市之介さんが、宙乗りをしながら、紙飛行機を飛ばした瞬間から、客席を見ていました。もし、客席の誰かが取ってしまったら、その人間を、捕まえて、誰にも話すな、と釘《くぎ》を刺そうと思っていたのですが、私が見ていた限りでは、誰も、花道に落ちた紙飛行機を拾おうとはしませんでしたね。ドッと殺到すると思ったのですが、どうして、誰も拾わなかったんでしょうか？」

「おそらく、観客の皆さんは、宙乗りの時に紙飛行機を飛ばすことが、この『本朝飛行故事始』という演目の一部だと思ったからではありませんか？ ですから、誰も拾わなかったのではないかと、私はそんなふうに思いましたが」

と、市之介が、いった。

この後、十津川は、松川市之介と片山新太郎、それに嵐芝翫の三人を、刑事たちに旅館まで送らせて、その間に、この小屋のオーナーに、いろいろと聞いてみることにした。

「今日、最初に舞台で、出演者の皆さんたちがお礼の挨拶をしましたが、その間に誰かが、楽屋に忍び込んで、鏡に脅迫状を貼りつけておいたと思われます。それで、お聞きしたいのですが、問題の時間に、誰か、不審な人物が楽屋に入るのを見た人はいませんか？」

と、十津川がきいた。

オーナーはすぐ、公演中の三日間、舞台を手伝ったスタッフ五人を呼んで聞いてくれた。

しかし、五人とも、誰も見なかったと、いった。

「その時間帯には、私たちは全員地下にいて、どうしたら回り舞台をうまく動かすことができるか、相談していたのです。ですから、楽屋のほうは、全く見ていませんでした」

というのだ。

「そうすると、どのような人物が、その時間帯に、楽屋に出入りすることができましたかね？」

「おそらく、その時間であれば、楽屋に入ることのできた人間は、何人もいたんじゃないかと思いますよ。何しろ、客席は満員で、観客はみんな、舞台で役者さんたちが挨拶するのを見ていましたからね。その間に誰か、お客さんの一人か二人が、楽屋に入って鏡に脅迫状を貼りつけるのは、そんなに難しいことではないと思います。何しろ五人のスタッフはみな、舞台の地下で、回り舞台を、どうやってうまく動かすかの相談をしていたというし、刑事さんたちも、舞台を注意して見ておられたわけでしょう。だとすると、その間、楽屋の近くには、誰一人として、いなかったはずです。ですから、お客さんの一人や二人が、楽屋に入っていっても、誰も気がつかなかったと思いますね」

と、オーナーが、いった。

「今回のこんぴら歌舞伎ですが、歌舞伎の名作といわれる歌舞伎十八番の中の『勧進帳』とか、『鳴神』といった古典的な演目ではなく、今回に限っては、『本朝飛行故事始』という新作をやりました。その新作は、江戸時代を舞台にした話ではなくて、明治時代の、それも飛行機がテーマの話です。そのことで、お客さんから不満とか、抗議とかの電話がかかってきたり、手紙が届いたりといったことは、ありませんでしたか？」

十津川が、オーナーにきく。

「私も、もしかしたら、今、刑事さんがいわれたような理由で、不満をぶつけてくる人が、いるかもしれないと思って、心配はしていたんですが、幸い芝居は好評でしたので、そういうことは、全くありません。何といっても、芝居の主人公になったのが、四国の英雄、二宮忠八でしたからね。四国のお客さんは満足したでしょうし、四国以外から来たお客さんは、普段は、なかなか見ることのできない珍しい歌舞伎を見ることができて、喜んで帰ったと思いますよ」

この後、十津川は、旅館まで歩いて帰ることにした。

三日間の歌舞伎公演の楽日なので、夜になっても町は賑《にぎ》やかだった。

歩きながら、十津川は考えた。

十津川たちは、警戒のために四国の琴平までやって来た。松川市之介の後援会の会長の尾形社長が、東京で殺されたからである。

しかし、十津川が、いくら考えてみても、尾形社長の死と、金丸座のこんぴら歌舞伎とは、結びつかないような気がするのだ。

たしかに、尾形社長は、松川市之介の後援会の会長なのだから、その人が殺されたということでは、両者は結びついているといってもいい。

しかし、十津川には、どこか違うような気がして仕方がないのだ。

尾形社長を殺した犯人が、いったいどういう人間なのか、今のところ、はっきりしないが、どこか性格的に、冷酷な人間のような気がする。

それに比べて、金丸座の犯人は、正方形の紙に書いた脅迫状を、楽屋の鏡に貼っておき、市之介が宙乗りをする時、その紙で折った紙飛行機を飛ばせといってきている。

こちらの犯人は、今のところ、男なのか女なのかも分からないが、どこかやたらに、賑やかな性格の持ち主のような感じを受ける。

十津川の頭の中では、そこがどうにも結びつかないのである。

ことによると、犯人は二人いるのだろうか？　東京で尾形社長を殺した犯人と、金丸座で脅迫してきた犯人が、別の人間だとしたら、どうなるだろうか。

もし、犯人が二人いて、それが全くの別人ならば、自分たち警察は、大きな間違いを犯しているのかもしれない。

十津川は、次第に不安になってきて、夜の琴平の町を歩きながら、小さなため息をついた。

第四章　車中の死

1

十津川たちが四国に行っている間、東京に残った捜査一課の刑事たちは、尾形誠一《せいいち》郎《ろう》殺人事件を地道に追いかけていた。四月十七日、彼らは青山にある、尾形の自宅マンションにいた。青山に建てられた超高層マンションの二十八階、角部屋である。とにかく広い。三百平方メートルはあるだろう。四月十二日の夜中、何者かにナイフで刺されて、ここで尾形誠一郎六十歳は死んでいたのである。

日下《くさか》、三田村《みたむら》、田中《たなか》、片山《かたやま》、そして西本《にしもと》の代わりに入って来た津村《つむら》刑事たちは、その部屋にいた。客を迎えるための、ホテルでいえばロビーのような部屋は、二十畳はあるだろう。尾形は、その部屋で、うつ伏せで床に倒れて死んでいたのである。背中をナイフで刺され、発見された時、既に、血は固まっていたという。

また、部屋のテーブルの上ではシャンパンが冷やされ、シャンパングラス二つが用意されていた。さらには、百本のバラの花が香っていた。誰が見ても、この日、尾形誠一郎は、客を迎えるための用意をしていたのだ。そのことを裏付けるように、尾形誠一郎は、真っ白なワイシャツと仕立ての良い背広、そして、大きな宝石の付いたカフスをしていた。

現在、四国にいる十津川と亀井も、尾形誠一郎が殺された事件では、この部屋に臨場し、遺体と室内を調べている。その時、部屋の様子を見た十津川は、

「被害者が迎えようとしていたのは、女かもしれないな」

と、呟《つぶや》いている。

広いロビーの隣りには、三十人は入れる会議室があった。ワンマン社長の尾形は、会社の幹部をこの会議室に呼びつけて、次々指示を与えていたらしい。またロビーには、尾形の会社が、三十年にわたって作り続けてきた、各種のゲーム機が誇らしげに

並べられていた。三十年前、初めてオガタが世に送り出したゲームは、いかにも粗末なものだった。ゲーム機の中で動き回るモンスターたちは、まるで子供が描いた絵のようだったし、動きも、ぎこちなかった。

それが最近、オガタが発表したゲームは、画面に現れるモンスターたちも鮮やかで美しく、動きもスムーズである。そして何匹もの人気キャラクターたちは今、日本だけでなく、全世界で愛されている。

日下達が、オガタの経営状況を調べた時も、オガタの株価は、今年に入って二倍に跳ね上がっているし、社長の尾形誠一郎の個人資産は、M銀行の青山支店に六千億近い預金があるという。そのため、M銀行青山支店には尾形誠一郎一人を応接する、広い個室が設けられているというのは、公然の秘密だった。

「事件の日には、この広いマンションに、被害者は一人でいたんですね」

と、三田村がロビーを見回した。尾形誠一郎は、以前結婚をしていた。調べたところでは、三十年前、父親が興《おこ》したゲーム会社を受け継いだときには、糟糠《そうこう》の妻がいたのだ。が、去年、その女性は亡《な》くなっている。尾形誠一郎は再婚せず、いつも身近には、男性の秘書一名と、女性の秘書一名を置いていた。マンションの中には、秘書室もあり、そこに二人の秘書のうち、どちらかが泊まっていくことになっていたが、事

件のあった十二日には、尾形誠一郎が秘書に、

「今日は帰っていい」

と告げたという。そうした背景もあり、十津川は、

（この日の夜、尾形社長は、女性を招いていたのではないのか？）

と、思ったのである。十津川の想像が当たっていて、十二日に迎えようとしていた相手が女性だったとしても、それがどんな女性で、尾形社長とどういう関係なのか、二人の秘書は、わからないという。

ロビーの壁には、歌舞伎《かぶき》の大きなポスターが貼《は》られていた。初夏大歌舞伎の広告である。五月一日から二十六日まで、歌舞伎座で、東京の役者達が、一堂に集まるのだという。出し物は、いわゆる松川家の「おはこ」である。松川家の「おはこ」という以上、主役は当然、松川市之介だった。四月には、東京の歌舞伎座での公演はなかったが、松川市之介の写真だけは、さまざまな広告と共に、ロビーの壁を占領していた。

その一つが、四月十五、十六、十七日の三日間行われる、こんぴら歌舞伎である。十七日の今日、こんぴら歌舞伎の興行が終われば、松川市之介は東京に帰ってくるのだが、その後ゆっくり休めるわけではなかった。人気者の松川市之介は、東京に帰ってくると、テレビドラマの出演があり、初夏大歌舞伎の打ち合わせもあり、その他、

映画の撮影も待っていた。

スケジュールを見ると、休みというものがほとんどない。歌舞伎は昔からS株式会社が経営しているが、そこからマネージャーが来るわけでもなかった。若手の人気者、松川市之介は自分でマネジメントをしていたし、彼のために走り回っているのは、番頭役と呼ばれる、嵐芝翫だった。

そんな松川市之介には、八歳年上の兄がいた。松川孝太郎《こうたろう》という役者である。渋い演技で、女形として絶賛されていたが、弟の松川市之介に比べると地味で、人気はなかった。当然、後援者にも恵まれていない。たとえば、今回殺害された尾形誠一郎は、松川市之介の熱心な後援者だったが、兄の松川孝太郎の後援者ではなかった。おそらく、実業家の尾形からみれば、人気者の松川市之介は宣伝に使えるが、地味な兄の松川孝太郎は宣伝に使えないと思っていたのだろう。そういう点はハッキリしていた、と尾形社長の秘書は証言している。

刑事の一人が、ロビーにある大型テレビの電源を入れると、ちょうどニュースを放映していた。タイミング良く、オガタの後継者争いの話題が、画面に流れた。有力な後継者として、誠一郎の息子の尾形誠《まこと》、三十二歳が、インタビューに答えていた。

先の秘書によれば、彼は結婚していて、妻は尾形のぶえというそうだ。

その尾形誠は、

「私がオガタを継ぐことになれば、親父《おやじ》のやっていた、全《すべ》ての仕事を引き継ぐつもりです」

と、話している。その様子を見て、

「少し、妙な男だね」

と、三田村刑事が、いった。

「全ての仕事、という言い方は、違和感があるな。普通、そんな風にいうだろうか」

「多分、その仕事の中には、歌舞伎の松川市之介の後援会のことも入っているんじゃないか」

と、日下が、いった。

「役者の松川市之介や、松川屋の役者たちが心配すると思って、全ての仕事といったのかもしれないね」

田中刑事も賛同した。十津川と亀井がいないので、集まったのは若い刑事ばかりである。そのせいか、捜査が一段落すると、オガタが売り出した最新のゲームの話になっていった。

「俺は、発売と同時に買って、プレイしている」

と、三田村刑事が、いった。

「どういうゲームなんだ」

日下が、きく。

「日本人で、世界一といわれる大富豪がいるんだ。大きな会社の社長だが、その大富豪がある日、ホテルで何者かに殺されてしまう。その犯人を捜すゲームだよ」

「それなら簡単そうだな」

「ところが、簡単じゃないんだ。というのも、その大富豪は、世界中に工場を作り、支社を置き、それぞれの地区を統括する支社長がいるんだ。つまり、アメリカ人の支社長もいれば、中国人の支社長も、インド人の支社長もいる、という具合だ。その上、殺された社長には、跡取りがいない。そこで、東京の重役会は、世界中の支社長の中から、一番優れた支社長を選んで、その人物を新しい社長に迎える事に決める。世界中の七十ヶ国の支社長の中から、適任の社長を探し出すことも、ゲームになっているんだ」

「へえ、犯人捜しと後継者探しを、同時にするということだね」

「そうなんだ。たとえば、ゲームの中で、アメリカの支社長を呼ぶこともできるんだ。その上、このアメリカ人について調べようとすると、ＦＢＩもＣＩＡも、全ての調査機関が協力してくれる。それだけじゃない。ニセモノという可能性もあるから、そのための調査も必要なんだ。とにかく、七十人の社長候補を呼んで、あれこれ対話するだけでも、大変な時間がかかるからね。

そして、ここからが、このゲームの面白いところなんだが、現実の世界で、十月末に、オガタの役員会がある。そこで、犯人の正解と、現実の尾形誠一郎の後継者が発表されることになっているんだ。その日までに、このゲームを買った人は、真犯人を当て、さらに次期社長を当てるクイズに応募することもできるんだ。もし、両方に正解すれば、百万ドル、つまり一億円の賞金が貰《もら》える。だから、日本人だけでなく、世界中の人間がそれぞれ、日本円にして一万円で、このゲームを買って、盛んに犯人探しと、次の社長の予測をしているのさ」

と、三田村が説明すると、日下が首をかしげた。

「しかし、ゲームが発売されたのは、尾形誠一郎が殺される前なのだろう？　それなのに、十月末に後継者が決まるというのは、どういうことなんだ？」

「もともと、誠一郎は、十月の役員会で社長を勇退すると発表していたんだ。これは不謹慎な話になるが、ゲームの中身のように、自分が殺されると思っていたわけではないだろうね」

「それにしても、一億円なんて賞金は、法律上、許されるのかね」

「そこも考えているらしい。この回答は、日本で募集するわけではなくて、どこか海外の小さな国の会社が窓口になって、そこに応募する形になっているんだ。だから、賞金も日本円ではなく、百万ドルというわけだよ」

三田村の説明に、日下は呆《あき》れ顔になった。

「もはやゲームの域を超えているね。それで今、君はどこまで進んでいるんだい？」

「正直にいうと、買ったばかりでね。一番目の支社長として、アメリカ人の支社長を呼んで、話し合っているところだ。向こうは英語で答えるけど、字幕が出るから分かりやすい。面白いのは、一万円出すと、このメーカーが作った、ウソ発見器が買えるんだよ。そして、そのウソ発見器をそばに置いて、アメリカ人の支社長と話し合っていると、相手がウソをついた時に、ウソ発見器が反応するんだ。問題は、そのウソをどう考えるかにかかっていてね、これがまた難しい」

「一万円出して、その発見器が手に入るとすると、このゲームには、やたらと金が要るんじゃないのか？」

と、片山が、きく。

「確かに、金はかかるね。今、アメリカ人支社長を呼びつけて、調べているところなんだが、『パスポートを見せろ』といっても、アメリカ人はプライバシーの意識が高いから、見せられないと答えられてしまう。そこで、千円を払うと、途端にそのアメリカ人のパスポートを見ることが出来るんだよ。他にも、アメリカ人をよく知っている身内の人間とか、大学時代の友人とかを呼んで、話を聞こうとすると、一件につき、千円が要る」

と、三田村は笑った。

「我々の給料では、財布が空っぽになりそうだ」

と、片山がいうと、三田村は、

「それが、実はそれほどでもないんだ。たとえば一万円でウソ発見器を買ったとする。そのウソ発見器はイギリスの支社長の場合にも、インドネシアの支社長の場合にも使えるんだ。だから、長くプレイすると、それほど金はかからないのかもしれない。とにかく面白いから、病みつきになりそうだね。それに、金はかかるが、真犯人を見つけて、後継者を当てれば、一億円だからね」

「その妙なゲームに絡《から》んでの殺人なのではないだろうね？」

と、首を傾《かし》げたのは、田中刑事だった。田中は、片山刑事とコンビを組んでいる。

「その可能性がないわけじゃないな」

三田村が、いう。

「どうして」

「なにしろ、正解すれば、一億円だからね。ゲームの中の事件については、犯人の名前を知っているのは、社長の尾形誠一郎の他に、五人いるらしい。東京の重役たちだ。それに、十月の役員会で、後継者候補になるのも、この重役たちだろう。息子の誠を含めて、彼らの誰かが、事件に絡んでくる可能性も考えられるな」

「歌舞伎関係者だって、疑問はある」

日下が、いった。

「今一番の人気者の松川市之介だって、尾形の言葉や考えを尊重していたんだろう？　ある種、殿様だったわけだ。その状況を危惧《きぐ》した人間が、このままでは歌舞伎のためにならないという、もっともらしい理屈をつけて、尾形誠一郎を殺したのかもしれない」

「その松川市之介が、今日のこんぴら歌舞伎を終えて、明日には帰ってくるから、いろいろと話を聞く必要があるね」

と、三田村が、いった。

四月十五、十六、十七日と続いたこんぴら歌舞伎の、今日は楽日である。既に舞台は終わったが、琴平の町は、三日間の歌舞伎公演の名残で賑《にぎ》やかだと、十津川からの電話で聞いた。

「番頭役の嵐芝翫などは、帰りは飛行機にしたいといっているらしいが、松川市之介は、どう考えているか分からない」

と、十津川は、いっていた。

「さっきテレビでオガタの跡取りのニュースをやっていたが、有力な後継者だという、息子の尾形誠についても調べる必要があるな」

と、いったのは、日下だった。

「どうして？　息子が後を継ぐというだけのことじゃないのか？」

「尾形誠一郎が、今年の新年の挨拶《あいさつ》で、オガタは、世界を相手にファイトしていくといっていた。したがって、今回発表されたゲームは、世界中で一斉販売されたんだ。ところが、営業を担当していた息子の誠は、地道に国内で売って、それが成功したら、世界で販売するという考えの持ち主らしい。死んだ尾形誠一郎は、息子の誠を、自分の後継者としては、落第と思っていたのかもしれないからね」

「殺されていなければ、社長を勇退したとしても、実権は持ち続けるつもりだったかもしれないな」

「それなら、東京大手町にあるオガタの本社に行って、きいたらわかるんじゃないか」

と、刑事達は口を揃《そろ》えた。そこで、日下刑事と津村刑事の二人が、大手町のオガタの本社に行くことになった。津村は、長年日下刑事とコンビを組んでいた西本の代わりとして、十津川班に加わったからである。

オガタの本社は、大手町の新築ビルの一階から三階までを占領していた。日下と津村の二人の刑事は、渡辺《わたなべ》という広報課長に会い、話をきくことになった。新旧ゲーム機が、ずらっと並んだ応接室に、渡辺課長が現れた。

「テレビのニュースで、新社長には尾形誠一郎社長の息子さんが有力といっていましたが、オガタには他に、四人の重役がいますよね？　その重役さんたちは、そのことに、賛成しているんですか？」

と、日下がきいた。一瞬、渡辺課長は「え？」という顔になって、

「まあ、いろいろとありましたが、十月末まではスッキリ決まりそうで、ホッとしているんですよ。今は副社長が代行していますが、正式に決まらないと落ち着きませんからね」

と、いった。その口ぶりから、後継者については、何か厄介なことがあったのか、いろいろともめたようだと、二人の刑事は思った。

「息子さんの他に、新社長の候補者はいなかったんですか？　たとえば、四人の重役の一人が、新社長になるとか」

津村がいうと、渡辺課長は、

「四人の重役は、最初から、誰が新社長に決まっても、自分たちは新社長の後見役に徹するといっていて、社長になる意思をお持ちではありません」

「海外から迎えるという考えもなかったんですか？」

「海外からですか？」

「今度の新しいゲームを作るにあたって、オガタは、アメリカの有力なＩＴ企業と提携したときいています。一時的にでも、そのＩＴ企業の社長を、こちらに迎えるといった案はなかったんですか？」

日下がきくと、渡辺課長は、

「そういう話は、全く出ませんでしたね」

と言下に否定したが、何となく、裏のありそうな返事に思えた。

「今、オガタの株価が上がっていますが、大株主の何人かの名前を教えていただけませんか？」

津村がいった。

「私の口からお伝えすることではありません。主要株主に関しては、開示すべきところには開示していますから、そちらできちんと手続きを踏まれてご覧下さい」

急に強い口調になり、渡辺課長は、それ以降の質問を遮った。

2

翌四月十八日。番頭役の嵐芝翫は、まず関西歌舞伎の片山新太郎を見送った後、車で高松空港に向かい、松川市之介とともに、羽田行きの全日空便に乗る予定でいた。

ところが、朝になって、旅館で目を覚ました松川市之介が、今日は、こんぴら様にお礼参りをして、その後は琴平電鉄でゆっくり帰りたい、と言い出した。嵐芝翫は反対した。

「こんぴら歌舞伎の最中にも、妙な脅迫状が来たじゃありませんか。ゆっくり帰るというのは、危険かもしれません。私としては、少しでも早く東京に帰りたいのです。そのほうが安心ですから」

と、説得しようとするのだが、松川市之介は、

「とにかく、こんぴら様にお礼参りをしてから、琴電に乗るんだ。来るときは、急に下車しなければならなかっただろう。もっと琴電の良さを満喫したい。せっかく近くにいるのだから、もう一度乗りたいんだよ。来年は来られるかどうか、わからないからね」

と、いって、きかないのである。何といっても、嵐芝翫は人気のない役者で、松川市之介は、東京歌舞伎第一の売れっ子である。老舗《しにせ》の商店の主人と番頭という以上に、発言力には、いうまでもなく大きな隔たりがあった。結局、松川市之介の言う通りにするより、仕方がなかった。

嵐芝翫は、十津川たちが泊まる旅館に電話をかけてきて、このように、朝からの松之介とのやりとりを説明した。

「松川市之介さんは、ご自身の置かれている状況を、本当にわかっているのですか?」

と、十津川がきいた。

「それが、安心しきっているんです。なぜ、そんなに安心しているのか、聞いても教えてくれません。市之介のいうことには逆らえませんから。とにかく、旅館で朝食を

済ませた後、こんぴら様にお参りをするつもりです」

「それなら、九時に旅館を出てください。我々も、その時間に旅館の前に伺いますから」

十津川たちは、旅館の朝食を急いで済ませ、九時前に、松川市之介の泊まる旅館に向かった。

どこで、宿泊先を知ったのか分からないが、旅館の前には、二十人近いファンが集まって、松川市之介が出てくるのを待っていた。

九時を過ぎると、松川市之介と嵐芝翫が現れた。待ち構えていたファンからは、大きな拍手が起きた。旅館側も、女将《おかみ》はもちろん、料理人から裏方の事務まで、総出の見送りだった。

松川市之介が、こんぴら参りをするというので、あらかじめ人力車が用意されていた。熱を増す観衆の中、十津川と亀井だけは、心配な面持ちのまま、周囲に気を配っている。松川市之介は、笑顔で人力車に乗り込んだ。

かけ声とともに、人力車は走り出した。意外な展開を前に、十津川たちは走らざるをえなかった。朝、起きたときには、こんなことになるなど思っていなかったが、仕方ない。

こんぴら様の参道にも、二十人ほどのファンが列をなし、拍手で松川市之介の到着を喜んでいる。長い階段を前に、松川市之介が人力車から降りると、今度は担《かつ》ぎ手と共に、駕籠《かご》が二台現れた。松川市之介と嵐芝翫が、それぞれ乗り込んだ。担ぎ手たちは、大事そうに駕籠を持ち上げ、そろそろと石段を登っていく。十津川たちも歩調を合わせて、長い階段を登り始めた。相変わらず、参拝者は多い。駕籠に乗っている人もいるが、多くは杖《つえ》を頼りに、歩みを進めている。

駕籠の担ぎ手にとっても、最後まで担ぐのは大変らしく、途中にある開けた一角で一度交代した。担ぎ手が少し恥ずかしそうにしながら、色紙を差し出すと、松川市之介は、笑顔でサインをしていた。のどかなほほえましい光景だが、十津川にはどうしても、夢の中の出来事のように思えて、仕方なかった。

金丸座の中で脅迫状が見つかり、それを紙飛行機にして松川市之介は飛ばした。その光景が、まざまざと思い出されるのだった。松川市之介は、その時の緊張感を、より鮮明に覚えているだろうに、今は笑顔で余裕がある。

（ひょっとすると、松川市之介は犯人がどこにいるのか、知っているのかもしれないな）

と、十津川は思ったりもした。それで安心して飛行機には乗らず、こんぴら参りをして、琴電で帰ると言い出したのではないのか。石段を登りながら、十津川は考えた。

延々と続く石段を、駕籠に揺られていた松川市之介と嵐芝翫だったが、駕籠で行けるのは、一段目から三百六十五段目にある大門までだった。そこから四百二十段は、自分の足で登らなければいけない。

最初から歩いている十津川の背中を、汗がしたたり落ちた。

参道口から数えること七百八十五段。本宮に辿《たど》り着き、お参りを済ませると、松川市之介も嵐芝翫も、ゆっくりと石段を降りていく。高松の町並みが、遠くに見渡せた。

十津川たちは、その少し後ろを、周囲に目を光らせながら付き従う。時々、ファンが飛び出して、松川市之介に握手やツーショットを求める。市之介は、一切いやがる顔を見せずに応じていた。亀井が、

「すっかり、ぴりぴりした緊張感が消えていますね。不思議ですよ」

と、小声で、十津川にいった。

「分かっている」

「犯人と、取引でもしたのかもしれませんね」

と、亀井が付け加えた。

帰りは、琴電琴平駅まで歩き、そこから高松築港行の電車に乗ることになった。こ

こでも、どこで知ったのか、多くのファンが駅にいて、松川市之介を拍手で迎えた。おそらく、ファン同士で連絡し合い、松川市之介の最新のスケジュールを摑《つか》んでいるのだろう。そうでもなければ、突然のこんぴら参りと、急な琴平電鉄利用の行く先々で、ファンが待っているわけはない。十津川は、そう思った。そこで、嵐芝翫に、

「このファンたちは、どうやって松川市之介さんのこんぴら参りや、琴電に乗ることを知ったのでしょうか？」

と、きいてみた。

「私にも分かりませんが、ファンというのは、不思議な嗅覚《きゅうかく》を持っているんでしょうね」

それが、嵐芝翫の答えだった。時を置かずして、二両編成の高松築港行列車が入ってきた。松川市之介と嵐芝翫は、大歓声の中、列車に乗り込む。十津川たちも同じ車両に乗り込んだ。先日乗ったとき感じた、緊張感はもはやなかった。定刻になると、二両編成の列車は、力強く発車した。

琴電が駅に停まるたびに、十津川たちは、乗り降りする客に、注意を払った。が、何も起こらない。そのうちに、嵐芝翫の携帯が鳴った。一斉に、十津川たちの目が、

嵐芝翫に向けられる。芝翫は、携帯で何か喋《しゃべ》っていたが、終わるとすぐに、十津川のところにやってきて、

「犯人と思われる、女性の声でした」

と、いった。

「それで、相手は何と言っていたんですか？」

「今日は安心して、琴電の旅をゆっくりと楽しみなさい。勝負は五月だ。そういい終えると、一方的に切られました」

芝翫は、困惑して報告した。

「勝負は五月、というのは、何のことですか？　歌舞伎座で、初夏大歌舞伎があるからですか？」

と、亀井がきいた。

「五月に、東京で大きな行事があるんですよ。去年亡くなった名人の名跡を継ぐ、松川彦斎《げんさい》の襲名披露です。歌舞伎の世界では一大イベントですから、犯人は、そのことを言っているように思うのです。楽日《らくび》は二十六日です」

という。昭和が生んだ名人と謳《うた》われ、去年十月五日に亡くなった松川彦斎のことだろう。その松川彦斎の息子が、松川市之介とその兄、松川孝太郎なのだ。

「しかし、勝負といっても、松川彦斎を襲名するのは、市之介さんと決まっているのではないですか？ 新聞で読みましたが、そう書いてありました」

と、十津川が、いった。

名優が亡くなると、その名前を誰が継ぐかが、問題になる。今回、候補に挙げられたのは松川市之介と孝太郎の兄弟だが、候補が四、五人の場合もある。一番年長者が継ぐ、というわけではなく、人気役者が継ぐ事が多かった。

今回も、兄である松川孝太郎が継いでしまうと、地味な役者だから、襲名披露で人が集まらないだろう。華やかな襲名披露が約束される松川市之介が、松川彦斎を継ぐだろうと、新聞には書かれていたのだ。市之介なら、億単位のご祝儀《しゅうぎ》が集まることも間違いない。襲名披露とは、つまるところ営業活動なのだ。

「確かに、そうなんですが」

と、嵐芝翫が曖昧《あいまい》な言い方をする。

「兄弟のどちらが継ぐかで、揉《も》めているのですか？」

と、十津川がきいた。

「いえ、お兄さんの松川孝太郎さんは謙虚な方ですから、最初から、父の名前を継ぐのは弟だ、と会社にもおっしゃっているんですよ。それを世に示すため、喪から一年も経《た》っていないのに、襲名披露の場が設けられたのです」

「それなら、何も問題はないではないですか」

「ところが、その松川孝太郎さんが、最近若い女性と再婚されましてね。お相手が、銀座のクラブのママさんだったんです」

　と、芝翫は、苦々しくつぶやいた。

「そのママさんが、反対しているのですか？」

「襲名披露は、歌舞伎の世界のお祭りで、特に今回は松川家の問題にあたります。そこに新参の奥さんが口を挟むということは、まずありえないんですが、何といっても、銀座のクラブのママさんだった人ですからね。次の松川彦斎は長男であるべきだ、弟の市之介が継ぐのはおかしいと、突然、騒ぎ始めたんです。そのことが、少しばかり心配なんです」

　歌舞伎の世界にあまり詳しくない十津川は、松川市之介の兄、松川孝太郎が、銀座のクラブのママと再婚したということを、初めて知った。この役者は、玄人《くろうと》受けするいい役者だが、華やかさがなく、地味だというのは、十津川もよくわかっている。それが銀座のクラブのママと再婚したときいて、驚いた。意外に思われたのだ。

　北条早苗刑事が、

「確か、松川孝太郎さんの最初の奥さんは、京都の舞妓《まいこ》さん上がりときいたことがあります。その方が、三年前に亡くなって、新しい奥さんを迎えたんじゃありませんか？」

という。さすがに女性だけに、そういうことには詳しいらしい。

琴電の電車は、ゆっくり走る。松川市之介は、二両編成の先頭車両に乗っているのだが、それを知ったのか、わざわざ彼の顔を見に、後ろの車両から移ってくる乗客もいた。

電車が、仏生山《ぶっしょうざん》駅に着いた時だった。ホームに、畳んだ布のようなものを持った若い男が、二人立っていた。その二人は、電車の到着と同時に、左右に分かれて走った。するど、横断幕が広がり、書かれた文字が、十津川の目に飛び込んだ。

『歓迎　松川市之介さん　女には気をつけろ！』

と、その横断幕には書かれている。とっさに、十津川は、市之介に目をやった。それまで、沿線の風景を楽しみ、ファンと握手をしたり写真を撮っていたのだが、横断幕を見た途端、顔色が変わっていた。

「私が降りて、調べてみます。警部は先に行ってください。後からでも、必ず追いつきますから」

と、いって、亀井刑事はホームに飛び降りていった。電車は、何事もなかったかのように走り出し、あっという間に、横断幕も、二人の青年も、十津川の視界から消えた。

3

横断幕を畳んで、ホームから立ち去ろうとする二人の青年を、亀井が捕まえた。

だが、警察手帳を突きつけて、

「君たちにききたい事がある」

と、声をかけると、二人の青年は、横断幕を放り出して逃げ出した。二人とも若く、足が速い。とっさに追いかけようとして、亀井はやめた。土地鑑もなく、追いかけるのは不可能だった。二人が放り出していった、横断幕を拾い上げた。亀井は、ホームに呆然《ぼうぜん》と立ったままの中年の駅員を見つけて、声をかけた。

「今の様子を見ていましたね？」

「見てはいましたが、止められず申し訳ありません」

と、警察官を前に怯《おび》える駅員は謝った。

「謝る必要なんかありませんよ。ただ、どこの誰が、こんな横断幕を持って、ホームに立っていたのか、知りたいんです。あの二人について、どこの誰だか、心当たりはありませんか？」

「あの二人は、随分前からホームにいて、横断幕を広げたり、畳んだりしていたんです。それで何をしているのか尋ねたところ、間もなく歌舞伎役者の松川市之介の乗った電車が入ってくるので、称賛の横断幕を見て貰おうと思っている、というんです。それなら、気にすることもないと思って、放っておいたのですが、あんな騒ぎになり、後悔しています」

と、駅員はうなだれた。

「あの二人を、前に見たことがありますか？」

「以前、見たことがあるような気もするんです。もし写真があれば、もっとよくわかるんですが」

と、いう。

「写真なら撮りましたよ」

と、亀井がいった。車内からとっさに撮った写真である。亀井は、駅員室のパソコンで、プリントアウトして貰った。

「とにかく、これで調べて下さい。名前が分からなくても、この近くの人間か、それが分かるだけでも助かります」

亀井がいうと、駅員は写真を受け取り、調べてみますといったが、どうも心許《こころもと》なかった。駅員が一人しかいなかったからだ。

その頃、十津川達と松川市之介を乗せた琴電は、終点の高松築港駅に着いていた。ホームに降りた後、十津川は、松川市之介に声をかけた。

「仏生山駅で、ホームにいた若者二人が、横断幕を広げていましたね。あのとき、あなたの顔色は変わっていた。前にも、同じような場面にぶつかったことがあるんじゃないですか？」

「いや、ありませんよ」

と、市之介は打ち消したが、その否定に力はなかった。そこで、番頭役の嵐芝翫にきいてみると、

「京都で似たようなことがありました」

と、こちらはあっさりと、口を割った。

「それは、いつ、どんな具合だったんですか？」

「去年の十二月です。京都の南座で、毎年暮れに、歌舞伎の顔見世興行があるんです

よ。関西の役者も、東京の役者も総出演します。それで、『顔見世』というんですが、松川市之介も出演しましてね。その時、彼は、祇園《ぎおん》のクラブのママと妙な関係になってしまいまして。市之介の方は、最初から遊びだったんです。まあ、役者の遊びは芸の肥やしといわれているんで、別に身内で非難されることはないんですが、顔見世の最中に、京都市内を、横断幕を貼り付けて走るトラックが現れたのです。横断幕には、『女狂いの松川市之介よ、女から手を引け』と書かれていました。そのトラックは、南座の周りや、私たちが泊まっていたホテルの周辺を走り廻るものですから、会社のほうが困り果ててしまいました。京都のある筋の人に頼み、お金を払って、やっと止めてくれたんです。多分、今日は、あのときのことを、市之介は思い出したんだと思います」

と、芝翫がいった。

「そういうことは、よくあるんですか？」

「いえ、滅多にありません。歌舞伎役者の女遊びはたいてい、玄人《くろうと》さんを相手にしますから、表面化することすら、ほとんどないのです。ですが、あのときは、さすがに参りました。何しろ、京都の南座での顔見世は、一ヶ月の興行で、お客さんがたくさん入ります。あのような横断幕を掲げた車が、南座の周りをグルグル回っていたら、お客さんも怖がって近づかなくなります。相手のママというのが、京都の有力者のオンナだったのが、まずかったのです」

「今回の横断幕ですが、大きな字で『歓迎　松川市之介さん』と書かれていて、少し小さな字で『女には気をつけろ！』と書かれていましたね。今回も何か、松川市之介さんには、思い当たることがあるんでしょうか？　たとえば、去年の顔見世の時のように、どこかの女性と関係していたために、あの横断幕が出てきたとか」

「去年の十二月のようなことはないと思います。私の知っている限りですが、あれ以後、女性と問題は起こしていませんから」

と、芝翫が、小声でいう。しかし、駅でみた横断幕には、「女には気をつけろ！」とハッキリと書かれていたのである。それを見て、松川市之介は明らかに顔色を変えていたのだ。とすれば、あの横断幕の言葉に、何か思い当たることがあったに違いない、と十津川は思った。

ここからは、来たときと同じように、瀬戸大橋を渡る快速マリンライナーに乗って、岡山まで行き、岡山から新幹線で東京へ向かう。霧の立ちこめる瀬戸内海を通り、岡山駅に到着した時、亀井刑事からの電話が鳴った。

「仏生山駅の駅員にきいたんですが、横断幕を持っていた二人の若者は、見たことがあるかもしれないそうです。ただ、写真を見せると、トーンダウンをしましたので、実は全く知らない人間の可能性も高いように思います。あの二人は他所《よそ》から来て、横断幕を広げたのかもしれません」

と、亀井はいう。

「こちらは、岡山から新幹線で東京に向かうところだ。ただ、私は別の用事が出来たので、一度京都で降りる。カメさんとは京都で会いたいね。一緒に調べてほしいことがあるんだ」

と、いって、十津川は携帯電話を切った。

4

京都で、十津川警部が、亀井刑事を待つ形になった。亀井が合流すると、駅から少し離れたおばんざい屋さんで、少し遅めの昼食を摂《と》った。結局、高松でも琴平でも、名物のさぬきうどんは食べられなかった。食事中、十津川は、京都で降りた理由を話した。

「京都で、去年十二月に松川市之介は、同じような目に遭《あ》っているんだ」

と、番頭役の嵐芝翫からきいた話を伝えた。

「それで、松川市之介は、顔色を変えたんですね」

「多分そうだ。それまで元気が良かったのに、急に、蒼白《そうはく》になったからね。多分、京都での顔見世のときのことを思い出したんだ。そう考えたから、松川市之介を脅迫した人間を探し出して、話をきくことにしたんだよ」

二人は、食事の後、京都府警に行き、生活安全課の刑事に、協力を要請した。話をすると、青山《あおやま》という警部は、にっこりして、

「その事件なら、よく覚えていますよ。犯人も分かっていますす」

と、いった。

「犯人はどんな人物ですか？」

「ヤクザでも、右翼でもないんです。要するに、金儲《かねもう》けになると思うと、それらしく振る舞って金を脅し取る。そういう、けちな連中です。偽《にせ》の右翼であり、偽のヤクザでもあります」

と、青山警部はいい、その連中に会わせますといって、すぐパトカーを出してくれた。

青山警部に連れて行かれたのは、京都の北にある、小さな運送会社だった。仕事は、

うまくいっていないらしく、何台かのトラックも、ずらりと停まったままである。その五十代に見える社長に向かって、青山警部が、

「去年の十二月の件について、もう一度、詳しく話してくれ」

といった。

「バカな話なんですよ」

小柄な社長が、頭を掻《か》きながら、いった。

「ウチの会社も、うまくいきませんでね、金に困っていたら、電話が入ったんです。相手は女性でした。それで、こう言われたんです」

電話口で、女は社長に、こう話したという。

「南座の顔見世に出ている東京の歌舞伎役者で、人気者の松川市之介が、京都祇園のクラブのママと、関係している。それをネタに脅せば、金になる」

資金繰りに困っていた社長は、その女の話に、つい乗ってしまった、といった。

「具体的な方法まで教えてくれたものですからね。トラックに横断幕を貼り付けて、そこに『女狂いの松川市之介よ、女から手を引け』と大きく書いて、南座の周辺を走り回れば、向こうは必ず金を出す、というんです。ウチの仕事がうまくいっていれば、そんな話には乗らなかったんですが。何しろ、全然仕事がないんで、一つ本当かどう

かやってみようと思って、横断幕を作ってみたんです。それで、電話で言われた通りの文字を書いて、南座の周辺を走り回らせたんです。そうしたら、女の言う通りに、南座を経営している会社から、電話が入りましてね。それ相応の金を払うと言われ、実際に二百万ばかり、手に入れました。ところが、ウチのトラックに横断幕を貼って、南座の周りを走り回らせたのは、皆が見てましたからね。すぐに、京都府警に脅迫罪で捕まってしまいましたよ」

「その電話をかけてきた女性に、心当たりがありますか？」

と、十津川がきいた。

「いや、全くありません。少なくとも、京都が地元の人間じゃありませんからね」

「どうしてそう思うんですか？」

「京都の人間なら、標準語を使ったって、どっかに京都訛《なま》りが出るものです。けど、あの電話の女性には、全く訛りがありませんでしたので」

「トラックに横断幕を貼り付けて、南座の周辺を走り回ったといいましたね。効果があったのは、どれくらい経ってからですか？」

「二日後ですよ。つまり、二日間、ウチのトラックが走り回ったんですよ」

「それで、南座を経営している会社が、二百万払った。そうですね？」

「そうです。しかし、ガソリン代もかかりますから、大した収入じゃありませんでしたよ。その上、今言ったように、捕まってしまいましたからね。誰が考えたって、マイナスですよ」

また、社長は頭を掻いた。

十津川にしてみれば、収穫があったような、なかったような感じだった。

そんな時、十津川の携帯が鳴った。

「ちょっと失礼」

と断って、少し離れて電話を受けた。

「嵐芝翫です」

と、相手がいった。

「ああ、もう東京に着きましたか？」

「いや、今、高松です」

という言葉に、十津川は驚いた。

「岡山で別れましたが、あれから高松に戻ったんですか？」

「そうです」

「どうして、そんなことに？」

「岡山駅で、松川市之介が、ひと休みしていこうというので、駅の構内で、軽食を摂っていたら、高松北署の刑事が入ってきて、高松へ戻ってほしいと依頼されたのです」

「理由は、何でしょうか？」

「最初はわからなかったんですが、今はわかります。私たちが乗ってきた琴電で、事件が起きていたのです。終点の高松築港駅で、乗客がみんな降りた後、女性がひとり、座席で動かないので、駅員が揺り動かしたら、死んでいたというのです。若い女性で、松川市之介がサインした色紙を持っていて、『琴電の車内で、四月十八日』という文字もあったものですから、私たちが連れ戻されたようです」

「死因は？」

「青酸中毒だそうです。近くに転がっていた缶コーヒーから、青酸カリが検出されたとか。おそらく、青酸カリの溶けたコーヒーを飲んでしまったのでしょう」

「我々は、二両編成の先頭車両に乗っていました。その女性は、どっちの車両にいましたか？」

と、十津川が尋ねた。

「後ろの車両のようです」

「松川市之介さんは、明日から東京で仕事があるんでしょう？」

「テレビドラマの撮影があります。すぐ釈放されると思いますが、念のために、プロデューサーに電話はしておきましたが」

と、芝甑はいう。

「あと一時間経っても事情聴取が続いているときは、もう一度電話してください。そちらに急行します」

「しかし、十津川さんも、東京でお仕事があるんじゃありませんか？」

「東京の事件は、どこかで松川市之介さんとつながっていると思っていますから、市之介さんが事件に巻き込まれれば、そちらに断られても、参ります」

と、十津川は毅然《きぜん》といった。

第五章　助六と遊女

I

　十津川はすぐ、亀井を連れて高松に引き返した。高松北警察署に行くと、入り口に、嵐芝翫が待っていて、

「一刻も早く、市之介を釈放してくれるように、頼んでくれませんか」

　という。市之介は逮捕されたわけではないだろうから、釈放という言葉は当てはまらないのだが、嵐には、それどころではないだろう。疲れ切ったその様子から、この

問題は、簡単には解決しないように見えた。

十津川と亀井は、高松北警察署の黒川《くろかわ》という警部に会って、話をきいた。

「私も歌舞伎《かぶき》が好きなので、この件は穏便に済まそうと思ったんですが、殺された女性の身元が分かりましてね。それで、ちょっと面倒な事態になっています」

と、いうのだ。

「身元は、どうしてわかったのですか？」

「持っていた免許証からです。東京の世田谷区三軒茶屋のマンションに住む、柴田《しばた》ゆみ三十歳です」

「私と松川市之介とは、一緒の琴電に乗って、琴電琴平から高松に帰って来たのですが、私たちは、二両編成の先頭の車両、殺された女性は、後ろの車両に乗っていたわけでしょう？　私は、松川市之介と一緒にいましたからね。彼が後ろの車両まで行って、女性を殺すことは、まず不可能だと思いますが」

と、十津川が、いった。

「しかし、ずっと、松川市之介と一緒にいたわけじゃないでしょう？」

「確かに、一瞬も離れずに、彼のそばにいたわけじゃありません。しかし、松川市之介は、今では、知らない者はいない人気者です。当然、ファンも多い。特に女性に人気があります。そんな彼が、一人で後ろの車両に行けば、大騒ぎになります。騒ぎになることがわかっていながら、わざわざ琴電の車内で、殺すとは思えませんが。第一、殺された柴田ゆみは、市之介のファンなのでしょう？」

と十津川がいうと、黒川は、

「柴田ゆみは、松川市之介のサインの書かれた色紙を持っていたので、我々も最初は、単なるファンではないかと思っていたんですが、これが、ただのファンではなかったんです」

「ただのファンではないというのは、どういうことですか？」

「五年前に、松川市之介と付き合っていた女性なんですよ。当時、彼女は二十五歳でした。これは松川市之介自身が認めていて、一年間付き合って、その後、別れたといっています」

「松川市之介本人が、そういっているんですか？」

「そうです。何でも、東京の歌舞伎座の近くに、美味《おい》しい和食を出す店があって、時々、食事をしに行った。柴田ゆみはその店のオーナーの遠縁に当たる関係で、彼女が店の仕事を手伝っている時に親しくなり、一年ほど付き合ったが、自分には結婚する気はなかった。松之介は、そういっています」

「彼女は、松川市之介がサインした色紙を持っていたわけでしょう？　昔、付き合っていた女性だとしたら、そんな色紙を、今になってなぜ、持っていたんでしょう？」

「その点は、全く分かりません。悪く考えれば、松川市之介が彼女を殺し、単なる一ファンのように見せかけようと、色紙を持たせておいたということも、考えられますからね。そんなわけで、簡単には帰ってもらうわけにいかないんですよ」

「しかし、二人が付き合っていたのは、五年前のわけでしょう？　その後も、ずっと付き合っていたと、松川市之介がいっているんですか？」

「いや、その点は今、十津川さんがいったように、五年前に一時的に付き合っていたが、その後は、全く付き合っていなかった。彼女がどこにいて、何をしていたのかも知らなかった。そういっています」

「死因は確か、青酸中毒でしたね？」

「そうです。缶コーヒーを飲んで死んでいたんですが、その容器から、青酸カリが検出されました。一般的に見て、見ず知らずの人間から、開いている缶コーヒーを渡されても飲まないでしょう。でも、昔、付き合ったことのある、現在は若手ナンバーワンといわれる歌舞伎役者に成長した、松川市之介が渡してくれた物なら、喜んで飲むんじゃありませんかね。そう考えると、やはり簡単には松川市之介を、帰らせるわけにはいかないんですよ」

　と、黒川は重ねていい、死んだ女性が持っていたという色紙を、十津川たちに見せてくれた。

『琴電の車内で、四月十八日　松川市之介』とサインがしてあった。市之介は、四月十五日、十六日、十七日と、琴平でこんぴら歌舞伎を演じた後、十八日の今日、琴平から琴電に乗って、高松へ来たのである。日付は合っている。彼女が昔、市之介と付き合っていた頃にもらった色紙、というわけではないようだ。

「このサインは、自分が書いた物だと、松川市之介は認めたんですか？」

　と、十津川がきいた。

「その点は、曖昧《あいまい》なんですよ。自分の字によく似ているが、自分の筆跡を真似《まね》て書いたのかもしれない。また、頼まれれば、いつでもサインするように努めているが、『琴電の車内で』といったことまでは書かない。そういっています」

「現在の状況で、松川市之介を、殺人容疑で逮捕するつもりはないわけでしょう？」

　十津川がきいた。

「もちろん、まだそこまではいっていません」

「一緒にいる嵐芝翫が、松川市之介は、明日東京で仕事がある、といっていませんでしたか？　ですから、今日中に、東京へ帰らないとまずいようです」

「仕事のことは、聞いています」

「そのあたりも考慮してくれませんか」

十津川がいうと、黒川警部も、やっと笑顔になって、

「実はウチの署長も、松川市之介さんのファンでしてね。有名人で、逃げる恐れもないということで、明日の仕事に間に合うように帰らせてもいいだろうとは、言われているんです。もう一度、署長と話し合って来ます。それで、どうするかを、決めたいと思います」

と、いい、署長室に入っていった。

2

結局、十津川たちの助言もあって、松川市之介は、東京に帰れることになった。すぐに、芝翫も含む四人で岡山に出て、岡山からは、東京行きの新幹線に乗った。松川市之介が疲れたというので、みんなでグリーン車に乗り、座席を向かい合わせにして座ったのだが、松川市之介は、言葉通り疲れているのか、すぐ眠ってしまった。十津

川は寝込んでしまった松川市之介を、ちらっと横目で見てから、嵐芝翫に、

「歌舞伎の世界では、今でも女は芸の肥やしというような考えがあるんですか？」

と聞いた。

「昔ほどは、そうした考えはないと思いますが、他の芸能界に比べて、歌舞伎の世界では、そういう気風みたいなものが残っているかもしれません」

「それにしても、ここにきて突然、松川市之介の女性関係が出て来たとは思いませんか」

と、亀井が、芝翫にきいた。

「そういえば、急にそういう話が出て来ましたね。松川市之介本人も、どうなっているんだと、いっていましたよ」

と、芝翫が苦笑した。

十津川は、高松北署で貰《もら》って来た写真を、芝翫に見せて、

「琴電の車内で死んでいた女性が持っていた、松川市之介さんのサイン色紙ですが、松川市之介さんの字ですか？」

と、きくと、なぜか芝翫が、急に笑った。

「おかしいですか？」

と、十津川がきくと、

「これ、私が書いた物です」

と、いう。

「あなたが書いた？　本当ですか？」

驚いて、十津川がきき返した。

「本当です。松川市之介は売れっ子で、忙しいですからね。集ってくるファンの人たち全員に、サインなんか出来ないんですよ。そこで、私が練習して、彼のサインと似たサインが出来るようにしたんです。それで、時には彼の代わりにサインして、『松川市之介から預かって来ました』といって、渡していました。これは、明らかに私が書いたサインですよ」

「それでは、あなたが、いつ書いたものか分かりますか」

「今日だけでも、ずいぶん渡したので、はっきりはしませんが、色紙に書いてある通りに、今日、四月十八日に書いたと思います。しかし『琴電の車内で』というのは、書いた覚えがありませんね」

「本当ですか？　どうして『琴電の車内で』というところが、自分の書いた物ではないと、わかるんですか？」

と亀井が聞いた。

「松川市之介のサインの多くは、私の代筆ですが、それをファンの目の前で書くわけにはいかないじゃありませんか。だから、色紙を何枚も書いておいて、それを渡すんです。どこで渡すことになるか、分かりませんからね。それなのに、琴電の車内で、なんて書きませんよ。他の場所でサインを渡すことも、ありますから。だから、この『琴電の車内で』というところは、私が書いたものじゃありません」

「しかし、書体が、よく似てますね。あなたが一人で全部書いたと言われても、その通りかもしれないと思ってしまいますよ」

十津川はいった。

とにかく松川市之介は、テレビドラマの収録に間に合うように、東京に帰ることが出来た。別れたあと、嵐芝翫が、わざわざ十津川に、お礼の電話を掛けてきた。

「十津川さんのおかげで、中央テレビの収録に間に合うように、帰ってこられました。前から、このドラマの主演に決まっていたので、それに出演できなければ、テレビ局から損害賠償を要求されても仕方がありませんでした。十津川さんには、本当に助けて貰いました。市之介からも、十津川さんに、お礼を申し上げるように言われましたので、ただいま電話をお掛けしました」

芝翫が丁寧な口調で、いった。

昔、まだテレビのなかった映画全盛の時代、歌舞伎役者が映画に出るといっても、時代劇がほとんどだった。加えていえば、歌舞伎役者と映画俳優を両方出来るという役者は、めったにいなかった。たいていは、歌舞伎役者を辞めて映画俳優になるというケースだった。

テレビ時代になると、人気のある歌舞伎役者は歌舞伎役者のまま、テレビドラマにも出るようになった。しかも、時代劇だけではなくて、現代劇にも出た。それでも、歌舞伎役者には時代劇が似合うから、出演作の多くは時代劇だったが、松川市之介は、中央テレビで現代劇の主役をやることになり、一日で二話分のドラマを、収録するスケジュールになっていた。

市之介が扮《ふん》するのは、若い正義派の刑事で、どこかおっちょこちょいなところがある役回りだが、時にはホロリと泣かせ、時にはサスペンスに溢《あふ》れた活躍を見せるストーリーである。

中央テレビとの打ち合わせの時、市之介は、ドラマのプロデューサーに、嵐芝翫にも、何か役を与えてくれないかと頼んだらしい。普段、彼には随分世話になっている。そのお礼の気持ちを、テレビドラマに出演させることで伝えたかったらしい。プロデ

ューサーもＯＫして、嵐芝翫の役は同じ署内のベテラン刑事と決めたのだが、芝翫は手を振って、

「とてもとても、私なんか。テレビドラマに出る柄じゃありません。きっと、松川市之介がお願いしたんでしょうが、私はテレビドラマに出るよりも、松川市之介の身の周りのお世話をしながら、市之介が活躍するドラマを観《み》るのが楽しみなんです」

といって、嵐芝翫は、プロデューサーの申し出を断った。プロデューサーから、そのことを聞いた松川市之介は笑って、

「欲のない奴《やつ》だな。小遣い稼ぎに、出たらいいのに」

といった、ということだ。

十津川は、松川市之介の絡《から》む事件の捜査をしているので、自然にそうした裏話もきこえてきた。

十津川は、中央テレビに行くと、嵐芝翫に会い、

「松川市之介さんに対する脅迫の電話や、手紙はどうですか。まだ来てますか？」

と、きいた。

「警察のおかげで、東京に戻ってからは全く脅迫状や脅迫電話はありません。私もホッとしていますし、現在ドラマの収録をしている市之介も、安心していると思いま

す」

そんな芝翫の話を聞いた後、十津川と亀井の二人は、ドラマの収録中の松川市之介の様子を見ていくことにした。

このドラマの監督は、映画から来た宮本研《みやもとけん》という五十代の男だった。第一話の収録が終わると、休憩になる。その時に十津川は、宮本監督に松川市之介のことを聞いてみようと思った。松川市之介を脅迫している犯人が、どこにいて、どんな人間なのか、今のところ、十津川にも判断がつかない。ひょっとすると今、中央テレビで収録している、ドラマの役者の中にいるかもしれなかった。

今回のテレビドラマには、少しばかり異質の歌舞伎の世界から、松川市之介が入ってきて、しかも主役を演じている。

そのことを、他の俳優は、どう思っているのだろうかと、十津川は考えてみた。

素朴な考えとしては、他の俳優は、歌舞伎には出られない。が、松川市之介は、歌舞伎にも出られるし、テレビドラマにも出られる。しかも、主役である。そのことは、今回のドラマで、他の出演者にとって、面白くないのかもしれない。

そんなことを、十津川は、宮本監督にぶつけてみようと考えた。もちろん、慎重に、言葉を選んで話すつもりである。

「今回のドラマで、歌舞伎役者の松川市之介が出演し、しかも主役をやっていることに、違和感のようなものはありませんか？」

と、十津川はきいた。

「全然ありませんね。不思議なのは、松川市之介という役者は、歌舞伎の舞台では、歌舞伎役者そのものなのに、テレビドラマの現代劇に入っても、全く違和感がないんですよ。台詞《せりふ》も癖なく普通に喋《しゃべ》れるし、何よりも華があるんで、それが楽しみです」

と、宮本が、いう。

「嵐芝翫は、どうですか？　一緒に来ているんですから、何か端役《はやく》でもやらせたいという気はありませんか」

「実は松川市之介さんから、嵐芝翫さんが、よくやってくれているので、何か小さな役でもやらせて貰えませんか、という話があったんです。そこで、シナリオをちょっと変えて、ベテラン刑事の役を作って、本人の芝翫さんに伝えたんですよ。そうしたら、自分はテレビドラマの演技なんか、とても出来ない。松川市之介の好意は嬉《うれ》しいが、私には無理だから、ここでは市之介の世話をさせて頂ければ、それで十分ですと、いわれましてね。松川市之介さんの好意が、無駄になってしまいました」

「こんなことを言うのはおかしいかもしれませんが、松川市之介さんというと女性関係がいろいろと噂《うわさ》になっていますよね。今回のテレビドラマでも、若い女優さんが、何人か出ている。その女優さんと松川市之介さんが、問題を起こすようなことは、考えられませんか？」

と、十津川がきいた。宮本監督は笑って、

「そんなことを心配していたら、ドラマは作れませんよ。若い美男美女が出ているわけですからね。歌舞伎役者の松川市之介さんは、確かに女性にモテますよ。女優さんの中には、松川市之介さんに、憧《あこが》れを持っている人もいないわけじゃありません。ですが、ドラマの中に入ってしまうと、松川市之介という人は、演技に没頭してしまいます。ドラマを撮っている時には、いま十津川さんがいったようなことは、心配していません。心配するとしたら、ドラマが終わった後でしょうね。ドラマの収録が終わったら、皆さん自由になりますからね。解放された気持ちで、いろいろとあるでしょう。でも、いちいち心配していたら、ドラマは作れません。第一、皆さん、立派な大人ですから」

「監督は、松川市之介さんと二人だけで話をされたことがありますか？」

と、亀井がきいた。

「今回のドラマは、原作の小説があります。一年半前、その原作が出たばかりのときに、私は、この小説をドラマ化したら、主役には松川市之介さんがぴったりだと思って、彼とコンタクトをとったことがあるんですよ。新宿のカフェで、三時間近くも話しましたかね。彼も、この小説が好きだといっていて、とうとうそれが、現実になったんです。彼の良いところは、歌舞伎役者としても一流ですが、映画やテレビのドラマについても、よく見ているし、勉強もしているんですよ。これから、第二話の収録の後、新宿の東口にある、『大和』という和食店で、食事をしながら、彼と話し合う予定になっているんですが、どうですか？　十津川さんも一緒に加わりませんか？　このドラマは、刑事が主役のサスペンスですから。本物の刑事さんが加わってくれれば、勉強にもなるし話も弾むと思うんです」

と宮本が、十津川を誘った。

「そうですね、お邪魔でなければ参加させて下さい」

と、十津川が応じた。

3

その日の収録が終わったのは、午後七時を過ぎていた。予定よりも遅くなってしまったが、東新宿のビルの中にある「大和」での食事に十津川も、参加させてもらった。十津川も、琴電の中や、こんぴら歌舞伎の時に、松川市之介と一緒だったので、別に緊張もなく、話に入っていくことが出来た。食事をしながら話し合っていて、十津川が気付いたことが、いくつかあった。

その一つは、松川市之介は、現在人気抜群の役者なのだが、それでも、歌舞伎の将来に、不安を感じているということだった。彼は、その不安を、こんな風に語った。

「私の父なんかに聞くと、戦争が終わった直後の歌舞伎界というのは、惨憺《さんたん》たるものだったそうですね。何しろ、歌舞伎の演目に、ほとんど占領軍（GHQ）の許可が下りなかった。特に『忠臣蔵』は敵討《かたきう》ちですから、どうしてもGHQは首を縦にはふりません。どの演目をやったら、GHQが喜ぶかわからないので、踊りをよくやっていたと、いっていました。踊りなら、占領軍も怒らないだろう。そう考えて、何かというと、踊っていたそうです。今はその点、ほとんど、制約がないのでやり易《やす》いんですが。逆にあまりにも自由なので、大雑把になったり、味がなくなったりして、時々、歌舞伎の将来について、不安になってくることがあります」

と、いうのだ。

十津川は、似たような話を、ラジオ放送のアナウンサーから、聞いたことがあった。

太平洋戦争中、テレビがまだなくて、放送の主役はラジオだった。戦争の最中は、戦意を高める軍歌ばかりを流していたが、戦争に負けたとたん、占領軍が入ってきたので、どんな歌や曲を放送したらいいか、困ってしまった。日本軍がんばれといった軍歌は、禁止されてしまったからだ。

優しい流行歌でも、歌詞の中に、「兵隊さんありがとう」とか、「アメリカが憎い」みたいな歌詞が入っていたら、とたんに、占領軍に放送禁止を命ぜられてしまう。そこで、考えた末に使われたのが、「月の沙漠《さばく》」という曲だったという。「金と銀との鞍《くら》置いて、二つならんでゆきました」という国籍不明の歌詞なので、これなら占領軍も禁止にはしないだろうと思った、というのである。

その思惑は当たって、この頃のラジオは、やたらに「月の沙漠」のレコードをかけたという。しかし、こればかりかけていても芸がないので、何とか占領軍を怒らせないような、新しい曲を作ろうとして、生まれたのが「リンゴの唄《うた》」だというのである。そう思ってきくと、この歌も「リンゴの気持はよくわかる」といった、意味不明の奇妙な歌詞である。

十津川は、そんな話を思い出したのだが、確かに、歌舞伎の演目には、仇討《あだう》ちの話が多い。ラジオの軍歌と同様に、仇討ちの話が禁止されたら、何をやっていいのか、困ってしまうのも当然だろう。

宮本監督は、歌舞伎について、他の話をした。

「私は、日本の歌舞伎は、変わっていて、面白いと思っているんです。どこがといえば、男が、女の役までやる。男だけの舞台ですよ。日本には、それに対して、女だけの宝塚歌劇があって、しかも現在でも、この二つの演劇は、一年中、公演を続けて、多くの客を集めている。こんな国は、珍しいですよ。特に、歴史のある歌舞伎は、日本に新しい演劇を生み出す力になると思っているのです」

と、宮本は、いった。

「古い歌舞伎が、新しい演劇を生むというのは、面白い考えですね」

と、十津川も、賛意を口にした。

しかし、刑事としての十津川は、苦いことも口にした。

「しかし、歌舞伎の世界には、古いしきたりも、依然として生きているわけでしょう？ そうしたものは、歌舞伎にとって、プラスになっているんでしょうか？ それともマイナスになっているんでしょうか？」

と、きくと、宮本は、

「実は、私は、京都の生れ育ちなんです。京都という土地は、古さと新しさが、混在しているのです。生花、お茶、踊りといった古い芸事の代表的なものが揃《そろ》っています。しかも、古い家元制度を、そのまま残しているのです。その家元制度が、生花、お茶、踊りといったものを、今に残したという人もいれば、逆に、古い制度を残してしまった弊害を批判する人もいます。歌舞伎の世界も、同じだと思うのです。いまだに、頑として女優を使わないことが、歌舞伎にとって、良かったのか悪かったのかわかりませんが、現在まで続いてきた理由になっているという人もいます」

「宮本さんは、歌舞伎に残っている古いしきたりが、歌舞伎にとって、プラスだったと思っているんですね？」

「そう思っています。私は、演劇の俳優やテレビの役者なんかとも、よく話すんですが、彼らが一様に口にするのは、歌舞伎役者が羨《うらや》ましいというのです。一般の役者は、歌舞伎が出来ません。まるで、歌舞伎というのは、堅固な城のようだというのです。逆に、歌舞伎役者は、もちろん歌舞伎をやれるし、テレビドラマにも、映画にも進出していける。時には、シェークスピアの世界にも入っていける。羨ましいし、恵まれすぎているというのです。市之介さんにしても、歌舞伎という、普通の芸能人には入っていけない確固とした自分の場所を持っていて、その上、映画にも出るし、今度は、テレビドラマにも出ていく。その点を、どう思っているのか、きいてみたいですね」

と、市之介に向かって、いった。

「確かに、今の自分は恵まれているなと思うこともありますよ。一番好きなのは、もちろん歌舞伎ですが、映画も好きだし、テレビも好き。自分の好きな世界に、どんどん出ていけるということは、恵まれていると思いますよ。時々は、これで良いのかと、思うこともありますが」

「それは、歌舞伎の世界についてですか？　それとも、映画やテレビの世界について、いっているのですか？」

と、宮本が、市之介にきく。

「さっきもいいましたが、歌舞伎の世界について不安になることがあります。他の演劇の世界からの、侵入者がいないのです。歌舞伎の世界というのは、他の芸能人が、なかなか入れない世界ですからね。時には、逆に、安心しきってだらけてしまう。この世界が、いつまでも変わらない世界だと思い込んでしまう。それが悩みの種になっているんです」

と、市之介がいう。彼は続けて、

「今度のテレビドラマで、私は弱くて、正義感だけがやたらに強く、時々失敗する刑事の役ですが、警察のプロの十津川さんから見て、どうですか？　とても刑事に見えないとか、こんな刑事はいないとか、遠慮なくいってくれませんか。さっき、ドラマの収録を見ていらっしゃったでしょう」

「いや、なかなか上手《うま》く、演じられていらっしゃったと思いますよ。うちには、あの刑事ほど、面白い刑事はいませんが、市之介さんの刑事を見て、うちの刑事たちは、喜ぶと思いますよ。何といっても、市之介さんが扮している若い刑事は、やたらにモテますからね。うちの刑事たちも、自分たちもモテるはずだと錯覚するかもしれません。そうなったら、現実と、ドラマの世界を混同するなと、注意してやるつもりですよ」

十津川が笑いながらいった時、嵐芝翫が顔を出して、

「車でお迎えに来ました」

と、市之介にいった。

「そろそろ、明日に備えて、お帰りになった方がいいかと思います」

と、遠慮がちにつづける。市之介は、笑顔になって、

「そうですね。明日もあるので、これで失礼します」

と、十津川たちに向かっていった。宮本監督が嵐芝翫を見て、

「あなたがいるので、松川市之介さんは安心ですね。それから、今回は、断られまし

たが、いつか私のドラマに出てくれませんか？　あなたなら、良い味を出すと思っていますから」

松川市之介が、嵐芝翫と一緒に店を出て行った後、十津川は、宮本監督と近くのバーに流れ、話の続きを楽しんだ。

「実は、松川市之介さんのことで、番頭役の嵐芝翫さんに相談されたんです。今回、三日間、関西歌舞伎の役者と、四国の古い芝居小屋で、こんぴら歌舞伎をやったんですが、その公演中に、脅迫状が松川市之介さんの楽屋で見つかりました。松川市之介さん本人も、番頭役の嵐芝翫さんも、犯人に心当たりがないというんですが、あれだけ人気があると、芸能界のやっかみの対象になって、彼を傷つけるような脅迫状を、寄越す者もいるんじゃないか。そう思うんですが、宮本さんはどう思われますか？」

と、十津川がきいた。

「そうですねえ——」

と、ウイスキーの水割りに目を落として、宮本が、いう。

「いろいろとあるのは、逆に考えると、その役者に人気があるからでしょう。今の松川市之介さんが、そのいい例ですよ。監督の私から見ると、とにかく華があるんです。演技が優れていても、華がない役者はいますからね。そういう人は、人気者にはなれません。松川市之介さんには、華がありますが、どうして彼に華があるのか、私にも分からないんですよ。多分、本人にも分からないんじゃないか。生まれつきかもしれませんね。そういう華のある役者だからこそ、女性問題があり、脅迫の手紙や電話がくるのだと思いますね。私は、それほど心配はしていないのです。それに、女性問題が起きても、演技の邪魔になるようだったら、彼は、その女性と付き合うのを、やめてしまうでしょう。そういう、何というのかなあ、冷たいところが、松川市之介さんには、あるんですよ。それも彼の魅力になっていると思っているんですがね」

4

今の松川市之介の人気を、利用しようとするのは、演劇の世界だけではなかった。ホテルＫは、「松川市之介さんと、ディナーを楽しみながら、歌舞伎の楽しさについて話を聞きましょう」という企画を、市之介の了解を得て、作り上げた。

四月三十日の午後五時。ホテルＫで、松川市之介と夕食を共にしながら懇談できるという触れ込みで、一人五万円の値段が付いていた。金額はかなり高いが、市之介には、それだけの人気があると、主催者は計算したのだろう。

この催しを数日後に控えた日、嵐芝翫から、十津川に電話が入った。このディナーショーが、心配だというのである。

「四月三十日の午後五時から八時まで。食事付きで、松川市之介と会話を楽しむ、というやつでしょう。新聞に広告が載っていましたよ。それが心配だというのは、やはり、松川市之介さんに対する脅迫ですか？」

と、十津川がきいた。

「そうなんです」

「それで、脅迫の電話か、手紙が来たんですか？」

「手紙です。楽屋に届きましたが、松川市之介には見せておりません。見せない方がいいんじゃないかと思ったもので。ただ、こうなると、なおさら心配なので、十津川さんに電話をさせて頂きました」

と、芝翫が、いう。

十津川としては、とにかく脅迫状を見たいので、帝国ホテルのロビーで、芝翫に会うことにした。

まっすぐホテルのロビーに顔を出すと、芝翫が、奥のテーブルで待っていた。

十津川が同じテーブルにつくと、待っていたように、芝翫が、その手紙を見せた。

「これが、電話で申しあげた手紙です。松川市之介本人には、見せておりません。どうしたらいいか、十津川さんの考えを、まず、おききしようと思いまして」

助六役　松川市之介殿

と、表に、墨で書かれている。消印はないから、また、楽屋に直接、届けられたらしい。

「助六役、とありますが？」

と、十津川が、きくと、

「五月一日から、初夏大歌舞伎が始まるので、現在、その稽古《けいこ》に入っています。市之介は、その中の松川家十八番『助六由縁松葉菊《すけろくゆかりのまつばぎく》』で、助六を演じます。私も、同じ演目の中で、出させて頂きます」

と、芝翫が、いう。

「芝翫さんは、どんな役ですか？」

「この芝居では、若い侠客《きょうかく》の助六と、遊女の揚巻《あげまき》、それに恋仇《こいがたき》の髭《ひげ》の意休《いきゅう》の、三人が主役です」

「芝翫さんは、その遊女揚巻ですか？」

十津川がきいたのは、芝翫が、女形もできるときいていたからである。

芝翫は、びっくりした顔で、大きく手を横に振って、

「とんでもない。私に、そんな大役はつとまりませんよ。揚巻は、今、若い女形として人気の中村専太郎《なかむらせんたろう》が演じて、私は、遊女三人の中の遊女三、でございます。遊女一、二、三の三で、名前はありません」

と、いう。

「その他多勢じゃ、つまらないでしょう？」

「そんなことは、ありません。主役だけでは舞台は持ちませんし、遊女三にも、楽しいことがあります」

「どんなことですか？」

「幕が開くと、私たち三人の遊女が、すでに並んでいまして、助六も揚巻も出ておりません。そこで、私たち三人が声を揃えて、揚巻を呼びます。そして、この芝居は始まるんです。つまり、私たち三人が揚巻を呼ばないと、芝居が始まらないんですよ」

と、芝翫は、嬉しそうにいった。

「今、その稽古中ということですが？」

「昨日から、衣裳《いしょう》をつけ、舞台の上での稽古に入っています」

「それが、月末まで続いて、五月一日から初夏大歌舞伎ですか？」

「皆さん、真剣です」

「ところで、この脅迫状は、どこで見つかったんですか？」

十津川が、きいた。

「私は、毎朝、松川市之介の楽屋を掃除するのですが、昨日の朝も、いつもの通り入りましたところ、市之介の鏡台の上に、その手紙が載っておりました」

「すぐに脅迫状だとわかりましたか？」

「単なるファンレターでないとは思いました。ファンの方は楽屋に許可なしに入れませんし、だれそれ殿とは書きませんから。念願の助六役を演じる、市之介の気持ちを乱してはいけないと思い、黙って自分のふところに入れてしまったのです」

と、芝翫が、いった。

「拝見します」

といって、十津川は、手紙の中身を取り出した。便箋《びんせん》一枚に、パソコンで打った文字が並んでいる。

「過日のこんぴら歌舞伎の帰りの琴電の車内では、途中の駅のホームで、『女には気をつけろ』と書かれた横断幕を見て、青くなっていたな。それなのに、四月三十日には、ホテルでディナーショーをやるという。呆《あき》れたものだ。自分が、歴史のある歌舞伎役者であることを、忘れてしまったとしか思えない。いい加減、こんな遊びは止《や》めた方がいい。さもないと、天罰を受け、役者としての寿命が尽きてしまうぞ。よくよく肝に銘じて考えることだ。泣く人もいるぞ」

書かれていたのは、これだけだった。十津川は、その脅迫文を、読み返してから、

「芝翫さんは、この手紙の主に、心当たりがありますか？」

と、きいた。

「心当たりは全くありませんが、こんぴら歌舞伎に触れていますから、琴平の芝居小屋に脅迫状を送りつけてきた人物と、同じかもしれません」

と、芝翫がいう。

「これは、手紙ですが、ほかに脅迫電話は来ていませんか？」

十津川がきくと、芝翫は眼をしばたたいて、

「私がきくと、松川市之介は、こちらを心配させまいとしてか、そんなものは全くな

いよと笑いますが、彼は自分のケイタイを持っていますから、そちらに脅迫電話があるかもしれません。ただ、私にはわかりません。市之介は、優しい男ですから、私には、いわないのかもしれません。十津川さんから、市之介に直接きいていただけませんか？　脅迫状が届いているのですから、脅迫電話もあったかもしれません」

と、芝翫が、いう。

十津川は、彼の頼みを引き受けた。もちろん、捜査のためでもある。

松川市之介たちは、五月一日から始まる、初夏大歌舞伎の稽古に入っていた。

すでに、衣裳をつけての、本番さながらの稽古である。

ポスターも出来あがって、後援会を中心に配られていた。

松川市之介は、この中で「助六由縁松葉菊」と、踊りに出ることになっている。

十津川は、今まで歌舞伎を、まともに見たことはなかったから、その知識も中途半《はん》端《ぱ》なものだった。

「助六由縁松葉菊」というタイトルも知らなかったし、内容は、威勢のいい助六という男と、吉原《よしわら》の遊女揚巻との恋物語だと思っていた。それが、捜査のために見直してわかったのは、この芝居は、実は、宝刀友切丸《ともきりまる》を探すミステリーだということだった。

芝翫と会った翌日、十津川は亀井と、歌舞伎座近くのカフェで、稽古の終わった松川市之介に、会った。

連日の稽古のせいか、引きしまった顔だった。やはり、人気の歌舞伎役者だけに、歌舞伎座での大役に気が張っているのだろう。

「毎日、稽古で大変ですね」

と、十津川がいうと、市之介は、

「本番を楽しむためには、稽古で泣かなければならないと思っていますから、苦になりません」

と笑う。

「昨日、芝翫さんにお会いしました。市之介さんと同じ舞台に出られるといって、喜んでいましたよ」

「いや、私の方こそ、芝翫が一緒に出てくれると、安心するんですよ。何しろ、彼は生き字引みたいで、誰それの助六は、こういう形だったと教えてくれるんですよ。歌舞伎界には、絶対に必要な人間です」

と、市之介が、いう。

「四国での、こんぴら歌舞伎の時に、脅迫状が届きましたが、五月一日からの初夏大歌舞伎ではどうですか？　脅迫の手紙や電話はありませんか？」

と、十津川がきいた。

「いや、全くありません。芝翫が心配しているんですか？」

「そうです。四月三十日に、ディナーショーが予定されていますね。初夏大歌舞伎の直前に、ディナーショーをやることについて、自覚が足りないとか、批判する人もいるといって、芝翫さんは心配していましたが」

「そのことは、私も知っています。しかし、稽古は、しっかりやっていますし、ディナーショーを喜んでくれるファンの方もいるんです。それに、ディナーショーは去年のうちから約束したことですし、切符は売り切れてしまっているので、今更、中止はできないのです。三十日のディナーショーを予約して下さったお客様は、同時に初夏大歌舞伎の切符も、買って下さっているんですよ」

と、市之介は、いう。

市之介は、これだけしかいわなかったが、四月三十日のディナーショーについては、他にもいろいろと事情がありそうだと、十津川は思った。

今回の事件を捜査するために、十津川は松川市之介と、話をするようになった。

それまで、松川市之介という役者については、写真を見たり、彼について書かれたものを読むだけの知識だった。今から考えると、かなり偏《かたよ》った知識だったとわかった。

たとえば、正月など、松川市之介は紋付羽織袴《はかま》である。ところが、私生活では、ポルシェ911を、猛スピードで飛ばすという。この二人の松川市之介は、十津川の頭の中で、うまく重ならなかったのだが、今は、どちらも松川市之介だと、すんなりわかるようになってきた。

しかし、その市之介を脅迫している人間がいることも、事実である。

(問題は、やはり女性関係だな)

と思った。

捜査のためとはいえ、市之介や芝翫と接するようになって、十津川も、歌舞伎に対する認識が変わってきた。

以前は、古い世界という意識が、どうしても拭《ぬぐ》えなかった。

着物姿の松川市之介と、ポルシェ911を飛ばす市之介とは、どうしても、うまく重ならなかったのである。

しかし、今は、不思議とは思わない。市之介は、東京の歌舞伎役者だから、京都の南座に出るときは、ポルシェ911で東名を突っ走ることもある、というのを、今は、あっさり受け入れている。

しかし、市之介の女性関係というのは、まだよくわからない。映画やテレビの俳優とは、少し違うような気がしているのだ。

番頭役の芝翫に聞けば、女性の名前はわかるし、芝翫も、「今の歌舞伎役者は、女は芸の肥やしみたいな意識はありませんよ」といっているが、やはり、その意識は残っている気がするのである。

今でも「梨園《りえん》」と呼ばれる世界である。その意味は、十津川には、よくわからない。

脅迫状や殺人は、その「梨園」と関係があるのだろうか？

第六章　歌舞伎十八番

I

今回の事件の捜査のため、十津川は、歌舞伎《かぶき》について、いろいろと勉強をした。

歌舞伎は、今から四百年前、女歌舞伎として始まったが、その後、男の演劇として発展した。

とにかく、歌舞伎というのは、歴史のある演劇である。したがって、現在の常識とは違う、多くの規則や演出、演技などがあり、それは今でも、しっかりと守られている。

短時間で、その全《すべ》てを知るのはとても無理なことなので、十津川は、大事なことを、嵐芝翫から教わった。それは、今後の捜査で、大いに役に立つに違いない。

最初に十津川は、現代演劇と歌舞伎との違いを、覚えることに努めた。

たとえば、一般の演劇と歌舞伎とでは、セリフ回しも違えば、発声法も違う。

一般的な演劇には、演出家がいるが、歌舞伎にはいない。歌舞伎は、役者が演技のやり方を、直接、後輩、あるいは子や孫に伝えていくという、特殊な演劇形式である。

したがって、稽古《けいこ》といっても、若手が、先輩や父親、あるいは兄弟から、じかに教えてもらうことになっている。つまり、先輩後輩、親子、兄弟といった、長幼の序が重要になる。しかし、それだけではなく、役者の人気と、襲名の問題があるのだ。

歌舞伎の場合、古典芸能、たとえば落語などと同様に、有名な芸名を、子供や孫たちが引き継いでいくことになっている。

その時、兄弟の中で、いちばん年齢が上の兄が、その屋号の中で、もっとも代表的な名跡を襲名するとは限らない。

襲名の時、もっとも大事なのは、その役者が得ている人気である。兄弟の中で、一番人気のある者が、兄弟の順番にかかわらず、父親の持つ名跡を襲名することになっている。

また、襲名の時に限らず、人気者であるということは、歌舞伎で非常に大事なことである。

人気さえあれば、かなりのわがままがきく。そのいい例が、松川市之介だった。五月一日から、初夏大歌舞伎が始まるというのに、その前日の四月三十日の夜に、松川市之介が、ディナーショーをやることが決まっていた。

人気のない役者であれば、このわがままは、おそらく許されないだろう。現在の歌舞伎界で、もっとも華やかで、人気のある松川市之介だからこそ、大事な初日の前日の四月三十日に、ホテルでディナーショーをやることが、許されたに違いない。

十津川は、そう見ていた。

そのディナーショーが開かれる会場は、ホテルKの「花の間」で、収容人数は三百人である。そこで夕食を食べながら、松川市之介の話を聞き、そして、最後に市之介が踊りを披露することになっていた。

それで一人五万円だという。十津川には、それが高いのか、それとも安いのかは分からないが、チケットが売り出されると、あっという間に売り切れたといわれるから、松川市之介は、やはり人気のある役者なのだろう。本公演の前に、裏話を聞けるのではと、客は思うのかもしれない。

十津川と亀井の二人も、その会場に行くことにした。

市之介は、二人兄弟の弟で、本来であれば、兄の松川孝太郎が、父親の名跡を継ぐのだが、そうはならなかった。兄は、演技だけを見れば、なかなかうまい役者なのだが、いかにも地味で華がないといわれ、人気は今一つである。

そこで、兄より人気があり、しかも歌舞伎役者として華のある市之介が、父親の松川彦斎を継ぐことになった。歌舞伎関係者や歌舞伎ファンには、周知のことである。

ディナーショーは、午後五時からの開演ということだったが、十津川と亀井の二人は、その三十分前、午後四時三十分に、ホテルKへ入った。

開演が待ちきれないのか、会場の花の間の前にあるサロンには、すでに、若い女性が二、三十人ほど集まっていて、開演を待ちながら話をしたり、コーヒーを飲んだりしていた。

十津川たちが出演者の控え室に入っていくと、嵐芝翫が、満面の笑みで二人を迎えた。

十津川が小声で、芝翫に、

「脅迫状や、脅迫電話の類《たぐい》は来ていませんか？」

と、きいた。

「ありがたいことに、今日のところは、不審な電話は一本もかかってきていませんし、脅迫状も届いておりません。ですから、少なくとも今日は、何事もなく、無事に終わるのではありませんかね？　私は、そう願っているのですが」

と、嵐芝翫が、十津川にいった。

「たしかに、そうならいいのですがね。それで、舞台にあがるのは、市之介さん一人だけですか？」

と、十津川がきくと、芝翫が首を横に振って、

「いや、市之介一人だけでは、ありません。私も手伝わせていただきますし、それに、現在、若手の女形として、売り出し中の中村常之介《つねのすけ》が、女形の格好で出てきて、歌舞伎の女形の難しさや楽しさなどを、お客様に、いろいろとお話しすることになっています。ですから、出るのは、全部で三人ということになります」

と、教えてくれた。

予定通り、午後五時ちょうどに、ディナーショーが始まった。

丸テーブル一つに、六人の客、それが五十卓。舞台を楽しみながら、話をきく。

市之介は、和服で現れて、こんな挨拶《あいさつ》をした。

「私は歌舞伎役者ですが、子供の頃から、ずっと歌舞伎をやっていて、時々、不思議な気持ちになります。それは、日本には歌舞伎という、男だけの芝居があるということです。その一方、女だけの芝居も、盛んに行われています。宝塚歌劇です。一つの国で、こうした男だけの芝居と、女だけの芝居がどちらも人気があるのは、おそらく日本だけでしょう。私は時々、そのことに不思議な気がして、仕方がないのです」

その後、市之介は歌舞伎役者の家に生まれ、三歳で初めて歌舞伎座の舞台に立ったこと、それから、父や兄などに徹底的に歌舞伎の所作や歴史などを教え込まれて、今日まで過ごしてきたこと、最近になって、歌舞伎以外の芝居やテレビ、映画にも出るようになったことなどを語った。

自分が先頭に立って、ロンドンのシェークスピア劇場で、歌舞伎を演じた時のイギリス人の反応などについて、軽いユーモアを交えて話していった。

お客たちは、熱心に市之介の話に聞き入っている。時々、客席から笑いが生まれたのは、それだけ市之介が、こうしたディナーショーに慣れていて、お客を喜ばす話術を、身につけているということだろう。

途中で、フレンチのコースが運ばれてくる。乾杯酒はシャンパンだったが、その他にもワインやビールがついている。

客席が少しざわめき始めると、市之介はいったん舞台から引っ込み、二十代の若手の女形と一緒に、再び舞台に現れた。

そして、歌舞伎の基本的な所作を、一通り見せた。その舞台袖《そで》で、客席に向かって解説をしたのが、嵐芝翫だった。

それを聞いていた十津川は、嵐芝翫が歌舞伎について、実に該博な知識を持っていることに、驚いた。

芝翫は、自信を持って、歌舞伎というものを説明していく。それだけ、芝翫が歌舞伎のあらゆる面について、豊富な知識を持っているということなのだろうと、十津川は思った。

そのうちに、市之介と若手の女形と二人で、有名な歌舞伎の一場面を、演じ始めた。たとえば、市之介が助六《すけろく》になり、若手の女形が揚巻《あげまき》になって、有名なセリフを、とうとうと謳《うた》い上げていく。

そうした有名な歌舞伎の場面が、次々に展開されていくのである。その場面について、舞台の袖でマイクを持った芝翫が、こちらもユーモアを交えながら説明していく。

市之介と若手の女形の組み合わせは、なかなか華やかで、たしかに面白かったが、十津川は、それ以上に、嵐芝翫の解説が素晴らしいと思った。芝翫は、時には、すでに亡《な》くなった有名な役者のセリフを、その役者の癖を交えて、しゃべってみせたりもする。目の前の二人より、袖にいる芝翫のほうが、存在感が大きく見えたのだ。

十津川は、ふと、芝翫という人は、亡くなった、あるいは現存の有名な歌舞伎俳優の癖を、全て覚えていて、それを演じてみせることができるのではないかと思うようになった。

それだけの才能を、十津川は、芝翫に感じたのだ。

2

そのうちに、市之介と若手の女形が、有名な道行きの場面を演じ始めると、これがいちばん客席にはウケた。

何しろ、二人は手を取り合って、舞台から降り、道行きよろしく、客席のテーブルの間を、よろけながら、あるいは抱き合いながら歩いていく。時には、市之介が、若手の女形とはぐれたように演じ、その代わりに、客席の女性の手を取って、彼女と二人、舞台に向かって、道行きをしたりするのである。

そうすると、それに合わせるかのように、若手の女形が、お客と市之介に、やきもちを妬《や》いて追いかけてくる。

そんな軽い芝居を見せると、客席に受けて、ドッと笑いが生まれたり、拍手が起きたりした。

舞台の様子を見ているうちに、十津川は少しずつ、警戒心が薄れていくのを感じた。十津川は、てっきり、このディナーショーの途中で、また何か事件が起こるのではないかと思っていたのである。万が一の事態に備えて、密《ひそ》かに五人の私服の刑事を、会場の外に張り込ませておいたのだった。

「今日、もし何か事件が起きて、犯人が会場から逃げ出そうとするようなことがあれば、その容疑者を、絶対に逃がすな。しっかり確保しろ」

と、十津川は、刑事たちに命じてあった。

どうやら、それが無駄に終わりそうな感じだった。

最後に、歌舞伎特有の早変わりを、見せることになった。

今日のディナーショーは、正式な舞台ではないので、ステージの上に、大きな衝立《ついたて》が置かれた。市之介が、その衝立の裏に隠れると、若手の女形が、市之介を探す所作をする。

次の瞬間、その衝立の裏から、市之介が、白狐《びゃっこ》になって、飛び出してくるという趣向だった。

　市之介の早変わりを、衝立の裏で手伝っていたのは、驚いたことに、芝翫一人だけだった。それでも、きれいに早変わりができてしまう。

　市之介が、早変わりで別人になったり、白狐になったりするたびに、客席は拍手と歓声で大騒ぎである。

　最後に、市之介、若手の女形、そして、芝翫の三人が、客席に向かって挨拶する。そのはずなのに、なぜか、芝翫が衝立の裏から現れない。

　そのうちに、市之介が、客席への挨拶を途中で切り上げて、衝立の裏を覗《のぞ》き込んでから、突然、大声で、

「十津川さん！　救急車をお願いします！」

　と、叫んだ。

3

　十津川と亀井は、慌《あわ》てて、舞台に駆け上がった。

　二人が、衝立の裏を覗き込むと、そこに、芝翫が倒れていた。

先ほどまで、歓喜に湧《わ》いていた観客は一転、悲鳴を上げている。

十津川が、急いで救急車を呼ぶと、程なくして、三人の救急隊員が駆けつけてきた。

その一人が、横たわっている芝翫の様子を見て、

「おそらく、軽い発作ではないかと思われますね。ですから、命に別状はありません。大丈夫ですよ」

と、市之介たちを安心させ、すぐに担架に乗せて運んでいった。

ホテルの裏に、救急車が停まっていて、近くの救急病院に運ぶのだという。

松川市之介と若手の女形が、客席に向かって、

「嵐芝翫は少々張り切りすぎて、気分が悪くなってしまったようです。ただ今、救急車で最寄りの病院に運ばれていきましたが、命に別状はなく、症状は極めて軽い。二、三日、休養すれば大丈夫だろうということですので、どうぞご安心ください」

と、説明している。

十津川は、ディナーショーの現場に亀井を残し、救急車に乗せてもらって、芝翫とともに病院へ急いだ。

芝翫を診察した医者は、

「おそらく食当たりか、あるいは何か強いお酒を飲んで、それに当たったのではない

かと思いますね。今診《み》た限りでは、食中毒のような症状に見えます」

と、いう。

「たとえば、何か毒物のようなものを飲んだという形跡は、ありませんか？」

と、十津川がきいた。

「いや、それは、考えにくいですね。強い毒物を飲んだとすれば、もっと激しい症状が現れているはずですよ。しかし、微量の毒物か何かを飲んだ可能性は、あるかもしれません」

と、医者が、慎重にいった。

医者は、命に別状がないといって、十津川を安心させてくれた。

十津川はすぐ、現場に残っている亀井に電話をして、

「舞台の上に残っている飲み物、食べ物を、全て押さえておいてくれ。それから、会場の周りにいる刑事たちを中に入れて、現状を保存するように頼む」

と、指示を出した。

ベッドに寝かされていた芝翫は、ぐったりしていたが、医者と看護師が胃の中をきれいに洗浄すると、青ざめていた顔に、少しずつ血色が戻ってきた。

「内容物を調べれば、この患者さんが何を摂取したのかが分かるでしょう」

と、医者が、いった。

一方、ディナーショーの現場では、ひとまず三百人の客に、事情を説明して、連絡先をきき、その後、帰ってもらった。亀井は、若手の刑事五人を指揮して、舞台の上にあった物を全て、保管するようにした。

ディナーショーは、午後五時に始まって、午後八時に終わる予定になっていた。三時間にわたる舞台である。当然のことながら、喉《のど》も渇くだろうというので、三人のための飲み物が、いろいろと用意されていた。

そのうちのどれを、芝翫が飲んだのかは分からないが、とにかく、舞台に置いてあった全ての物を押さえて、詳しく調べることにした。

しばらくすると、十津川が、救急病院から戻ってきた。

その十津川に向かって、市之介が心配そうな顔できいた。

「芝翫の具合は、どうなんですか？　大丈夫なんですか？」

「ええ、大丈夫です。心配いりません。命には別状がないようですが、何か体に障《さわ》るものを、芝翫さんが口に入れたことが考えられますから、舞台の上にあったものは、全て調べることにします」

と、十津川は、宣言するように、市之介にいった。

舞台のテーブルの上には、三人のものだとわかる魔法瓶が置かれていた。食べ物は見当たらない。

それを見て、十津川が、

「魔法瓶はありますが、食べ物はありませんね？」

と、きくと、

「舞台の上で、何かものを食べたりすれば、胃がもたれてしまって、軽い動きができなくなってしまいます。ですから、こうしたディナーショーの時などには、飲み物はとりますが、食べ物は口にしません。それが常識です」

と、市之介がいった。

「それで、魔法瓶は一人一人、別々のようですが、各人がそれぞれの容器から飲んでいるわけですね？」

と、十津川がきいた。

「ええ、そうです。それぞれ、好きな飲み物が違いますから」

と、市之介がいう。

市之介が飲んでいたのは、冷たい紅茶である。若手の女形が飲んでいたのは、冷たいコーヒーだという。

問題の芝翫の魔法瓶の中に入っていたのは、冷たい緑茶だった。

「舞台の上では、それぞれの役者さんが、自分の魔法瓶を持ち歩いてもいいのですか？」

と、十津川がきくと、市之介が笑いながら、

「いいえ、仮にも役者ですからね、そんなみっともないことはしませんよ。衝立の裏に魔法瓶を置いておいて、喉が渇けば、それを飲みます。舞台の上では、そんなところは見せません」

と、いった。

その時初めて、十津川は、市之介に疑いの目を向けた。何か、誤魔化そうとしているようにみえたのだ。

そうしているうちに、芝翫の胃の中から、少量の農薬が発見されたという報告が、十津川に知らされた。

また、芝翫の魔法瓶の中に残っていた緑茶にも、胃の中から見つかったものと同じ、農薬が入れられていたことがわかった。医者の話によれば、芝翫が魔法瓶の中に入っていた緑茶を、全部飲み干していたら、おそらく死んでしまっただろうという。

一方、松川市之介の魔法瓶と、若手の女形の魔法瓶からは、農薬は、一切発見され

なかった。

芝翫の容態は安定していたが、万一を考えて、そのまま救急病院に入院することになった。

この事件は、しばらくの間、ごく一部の関係者以外には、内密にしておくことに決まった。翌日の五月一日から、東京の歌舞伎座で、初夏大歌舞伎が始まるため、つまらぬ話題が出て、ファンの関心が移っては困るからである。

そのため、嵐芝翫は過労で倒れて、静養のために入院することになったが、症状はごく軽く、入院はせいぜい一日か二日で済むだろうと、発表された。

もちろん、十津川たちは、その間も捜査を続けた。

市之介たち三人の飲み物が入った魔法瓶は、ホテル側が事前にそれぞれの家紋を入れて、区別がつくように用意をして、舞台の上の、衝立の裏に置いたという。用意されたのは開演の直前で、しかも魔法瓶を運んだホテルマンは二人。互いに異物をいれるようなことはなかったと、証言によって明らかにされた。

だとすれば、ディナーショーが始まってから、何者かが、嵐芝翫の魔法瓶に農薬を混入したことになってくる。

三人は、最初に持ち込まれた魔法瓶の中身を、疑ったりはしていなかったと思う。

また、早変わりの時に、市之介が使用した白狐の衣装などは、前もって、衝立の裏に置かれてあったというから、魔法瓶が用意された後に、舞台の上を、三人以外の人間が走り回ったりしたこともなかったはずである。

こうなると、どうしても疑いは、舞台の上にいた三人、いや、嵐芝翫は被害者だから、彼を除いた松川市之介と、若手の女形、中村常之介の二人にかかってくる。

特に早変わりの時、主人公の市之介は、衝立の裏に隠れる。そこに、三人の魔法瓶が置かれている。

市之介が、衝立の陰に隠れた時、芝翫の魔法瓶に農薬を入れることもできないことはない。

と、考えると、いちばん怪しいのは、若手の女形ではなくて、松川市之介ということになってくる。

しかし、松川市之介が、嵐芝翫の魔法瓶に、農薬を入れたとしたら、いったい何のために、そんなことをしたのだろうか？　十津川は皆目、見当がつかないのであった。

4

そんな時、十津川は、芝翫の入院先から呼ばれた。

呼んだのは、芝翫本人である。

まだ、のどが痛いというので、会話と筆談と半々で行うことになった。

芝翫が、最初に口にしたのは、市之介のことだった。

「今回の件で、警察は彼を疑っているのではないか。それが心配なので、来て頂いたのです」

と、いう。

「しかし、あの時、舞台上には、あなたと市之介さんと、若い女形の中村常之介さんの三人しかいなかったんですよ。常之介さんは、初めて市之介さんやあなたと、同じ舞台に立つということでしたから、農薬をあなたの魔法瓶に入れたりする理由がありません。そうなると、あなたが自分で農薬を魔法瓶に入れたか、市之介さんが入れたか、そのどちらかしかないんですよ」

と、十津川は、いった。

「そうなれば、簡単な引き算ですよ。容疑者は、市之介さんしかいないんです」

「犯人は、間違えたのかもしれませんよ」

と、芝翫が、いう。

「どういうことですか？」

「私の魔法瓶に農薬が入っていたので、狙《ねら》われたのは私だと、簡単に決めつけてしまいましたが、人気のない私が狙われるというのは、理屈に合わないのです。そう考えると、犯人は、市之介を狙って、彼の魔法瓶だと思って、私の魔法瓶に農薬を注入したのかもしれません。そうなると、事件を最初から考え直す必要があるんじゃありませんか？」

と、いうのである。

「しかし、魔法瓶は、誰のものかわかるようになっていましたよ？」

「そうですが、同じ大きさ、同じ形の魔法瓶なんですよ。それに、誰のものかわかるといっても、家紋が描いてあるだけですから、間違えたということも、十分に考えられるんじゃありませんか」

と、芝翫は、いった。

確かに、魔法瓶に描かれていたのは、家紋だけだった。歌舞伎に関係している者なら、間違えることはないだろうが、外部の人間は、役者の名前は知っていても、家紋までは知らないかも知れない。

十津川が黙っていると、芝翫は、

「それから、私のことを芝翫というのは、今日限り、やめて頂きたいのです」

と、いう。

「どうしてですか？」

わけがわからずに、十津川がきいた。

「実は、芝翫というのは、江戸時代から続く名跡なのです。代々、成駒屋《なりこまや》が引き継いできたのですが、ここ何年か宙に浮いていました。それでは、芝翫の素晴らしい芸が忘れられてしまう。私は、昔から先代芝翫の芸が好きで、よく真似《まね》をしていました。それを買われたのか、新しい中村芝翫が生まれるまで、仮に芝翫を名乗り、先代芝翫の芸を伝えてくれといわれたのです。光栄なことではありますが、あまりにも身に余ることですので、一度は辞退させて頂いたのです。しかし、繰り返し、新しい中村芝翫が生まれるまでと請《こ》われて、お引受けしたわけです。今度、中村橋之助《はしのすけ》さんが、中村芝翫を継ぐことが決まって、ほっとしているのです。もし要請があれば、先代の芝翫の芸が、どんなものだったか、お伝えしたいと思っているのです」

「それでは、これからあなたを、何と呼んだらいいんですか？」

「橋之助さんの襲名はまだですが、嵐好三郎《こうざぶろう》と呼んで下さい。私が芝翫を名乗る前の名前です」

と、その字を、宙に書いて見せた。

確かに、十津川も、二、三日前の新聞で、中村橋之助が、中村芝翫を襲名するというニュースを見ている。今回の事件に関係していなければ、見すごしてしまっていたに違いないニュースだった。

ただ、芝翫にいわれて、歌舞伎というか、眼の前にいる嵐芝翫改め好三郎に興味を持ったことは、間違いなかった。

今まで、嵐好三郎が、いくつなのかも知らなかった。

四十歳と知ったのは、最近になってからである。更に知りたくなって、病院の帰りに、歌舞伎に詳しい演劇評論家の村田明《むらたあきら》に、会うことにした。

新宿西口のカフェで会った。

若い評論家である。

それだけに、歌舞伎に対して、多少、批判的なところもあった。

「敗戦後しばらくは、歌舞伎は受難の時期を迎えました」

と、いう。

「それは、歌舞伎の演目が、忠臣蔵のような仇討《あだう》ち物が多くて、占領軍が、その上演を禁止したからですか？」

「それもありましたが、演目の方は、アメリカなどの占領が終われば、自然に上演が許されるようになります。問題は、歌舞伎界の封建的な制度でした。歌舞伎では、名家に生まれると、将来の主役が約束されるが、傍系の家に生まれると、演技が優秀でも、主役を演じることが出来ない。他にも、たとえば中村勘三郎《かんざぶろう》という名跡は、中村屋に生まれなければ、継ぐことが出来ない。お茶や生花の家元制度も、それに似ています。アメリカの占領軍、ＧＨＱは、それが民主的ではないと批判したのです」

「しかし、そうした制度は、今も生きていますよね」

「そうです。確かに、アメリカ人から見れば、民主的ではないでしょうが、別の見方をすれば、名跡とか襲名制度とか、家元制度が、日本の伝統を守ってきたともいえるのです。歌舞伎、茶道、生花、踊りなど、日本の芸能を守ってきたのも、その独特な封建主義です。そのため、その封建制を批判する声は、小さくなっています」

「しかし、歌舞伎の世界でも、最近は、別の世界から入ってきて、名跡を襲名するケースが多くなりましたね」

と、十津川は、いった。

「そうですが、その場合も、名門の家の養子になる必要があります」

「なるほど」

と、十津川は肯いてから、

「嵐好三郎になる芝翫という歌舞伎役者のことを、ききたいのですが」

「すばらしい才能の持主ですよ。とくに女形としての才能は、抜きん出ています。それに、博識の持主です」

「どんな風にすばらしいのか、具体的に話してくれませんか」

「歌舞伎十八番と呼ばれる演目だけでなく、新作以外のほぼ全ての演目について、彼は、登場する人物のセリフを覚えているといわれています。それだけでなく、何代目の団十郎《だんじゅうろう》とか、仁左衛門《にざえもん》とかの型を、再現することが出来るのです。そのため、歌舞伎の生き字引ともいわれています。若くして大きな名跡を襲名した名門の役者も、先代の細かい所作を、嵐芝翫にきくといわれています」

「先代の芝翫が好きだったと聞いたのですが」

「それは有名な話で、先代の芝翫を知る人たちは、その型を演じる嵐芝翫の所作に、感動するといわれています」

「それだけに、彼が芝翫を名乗ることが許されたと聞いたのですが？」

「あまりにも先代中村芝翫の演技そっくりなので、成駒屋が特に許可していたと聞いていますが、今回、中村橋之助が中村芝翫を襲名することになったので、この特別扱いも、終わったと思います。嵐芝翫は、嵐好三郎に戻るはずですよ」

と、村田は、いった。

「ところで、松川市之介が、四月三十日にディナーショーをやって、ちょっとした事故が起きたのですが、ご存知ですか？」

と、十津川がきいた。

「テレビのニュースで見ましたが、どういうことですか」

「これは内密にお願いしたいのですが、実は、松川市之介が、何者かから脅迫を受けていたのです」

「そのウワサは聞いています」

と、村田がいったので、十津川は、気が楽になり、話しやすくなった。

「市之介は、四国のこんぴら歌舞伎に、三日間出演しているのですが、その時にも、脅迫状を送りつけられていますし、帰りの琴電でも、女性にだらしがないと、途中駅の横断幕で責められているのです」

「確か、その琴電の中で、松川市之介のファンの女性が、殺されたんでしょう？」

「その通りです」

「松川市之介は、いい男だし、松川家に生まれているから、女性問題が起こるのも、仕方がないと思いますね」

「ところが、帰京したあと、四月三十日のディナーショーでは、嵐芝翫が狙われました。魔法瓶に、農薬をいれられたのです」

「ひょっとして、犯人は、松川市之介を狙ったのに、間違えて、嵐芝翫の魔法瓶に農薬を混入してしまったのではありませんかね？　そんな気がするんですがね」

　と、村田はいう。

「嵐芝翫本人も、同じことをいっていましたが、村田さんから見て、彼は、歌舞伎の世界の生き字引で、なくてはならない存在なんでしょう？　それほどの役者なら、嫉《しっ》妬《と》などの理由で、彼を狙う人間がいても、おかしくはないと思いますが」

「確かに、そうなんですがねえ――」

　と、村田は、一息入れてから、

「私から見れば、嵐芝翫は、歌舞伎にとって必要な存在です。松川市之介と比べても、私にいわせれば、同じように必要です。しかしね、ファンの眼から見ると、悲しいことに、段違いに見えてしまうのです」

「どうしてですか？　彼の演技は、完璧《かんぺき》なんでしょう？」

「そうです。特に、先代の中村芝翫の型は完璧だといわれます」

「それなら、どうして段違いだと？」

「完璧に、なぞっていても、それは模写でしかないのですよ。悲しいことに、いわゆる華がないのです。私たちのような歌舞伎マニアから見れば、嵐芝翫が演じる先代の中村芝翫の型も、六代目菊五郎《きくごろう》の型も、その正確さに感動するんですが、一人の役者として見た場合は、残念ながら、模写でしかない、独自性がないのです。多分、彼自身も、それを知っているのだと思いますね。だから、ますます勉強して、先代の中村芝翫や菊五郎に近づこうと研究する。しかし、それは完璧な模写に近づくだけで、役者としての輝き、人気から、かえって遠ざかってしまう。それは、名画の模写と同じだと思いますね。技術を磨き、細部に気を使って描いていけば、本物の名画に限りなく近づくことは出来るが、贋作《がんさく》は一番大事な感動を与えることは出来ない。それと同じだと思います」

「それなのに、彼が狙われるということがあるでしょうか？」

と、十津川は改めてきいた。

「そうですね。例えば、彼の演技が名優の演技に似ていればいるほど、名優のファンは、腹を立てるかも知れませんよ。名画の贋作に腹を立てるのに似ていると思いますね」

「しかし、あなたは、彼が歌舞伎の生き字引だと、賞《ほ》めていたじゃありませんか？」

十津川がいうと、村田は笑って、

「彼は、歌舞伎にとって必要です。五月一日から、初夏大歌舞伎が始まっています。その演目の中に、『助六由縁松葉菊』も入っています。その主役の助六役の役者が、前の役者はどう演じたのか知らないとなると、嵐芝翫が、その役者の助六を完全に演じて見せる。細部まで、完璧にです。だから必要な存在なのですが、しかし、彼自身は、表だって助六を演じることは出来ない。なぜなら、名優の助六の模写だからです」

「そんな嵐芝翫を、誰かが狙うでしょうか？」

十津川の質問は、元に戻ってしまった。

「さっきもいいましたように、名画のファンが、贋作の画家を憎むこともありますからね」

と、村田も、同じ答えをした。

「村田さんは、彼と話をしたことがありますか？」

「二、三度、二人だけで話したことがありますよ」

「その時の印象は、どうでした？」

と、十津川がきいた。

「今いったように、歌舞伎の生き字引ですよ。とにかく、よく勉強しています。江戸時代には、よく演じられた芝居でも、その後全く舞台にかからなかった、そういう芝居がいくつもありますが、彼は、そうした芝居も研究しているんです。だから、役者が、そうした埋もれた芝居を取りあげて、演じようとした時、まず嵐芝翫に話をききに行くそうです」

「それだけ、歌舞伎界のために貢献しているのに、なぜ、彼は主役をやれないんですか？　女形なら、『助六由縁松葉菊』の揚巻とか、タチなら、助六とかです。演技力は十分だし、名優の型だって、知っているわけでしょう？」

「そこが、難しいところでね。先程も話に出た歌舞伎十八番はご存知ですか」

「知っています。歌舞伎の有名な芝居でしょう」

「七世市川団十郎が選んだ、十八の歌舞伎の演目をいいます。これが、市川家の十八番の演目だと、発表したんです。そうなると、市川団十郎が名優で、助六を十八番にしていると、他の役者は、団十郎に遠慮して、助六をやりにくくなるわけです。今は亡くなりましたが、六世歌右衛門《うたえもん》という女形の名優がいましてね。他の女形は、彼に遠慮して、歌右衛門が得意とする役は、やらなかったといいます。あの坂東《ばんどう》玉三郎でもです。ただ、その名優と同じ一門の中にいれば、その名前を襲名することで、当たり役を演じることが出来ます。その点、嵐芝翫の場合は、名門ではないので、当たり役と呼べる演目がないのです。市川、中村、松川という名門なら、そこに、当たり役を持つ名優がいるので、芸をゆずって貰《もら》うか、襲名すれば、自分の当たり役にすることが出来ますがね。名家の生まれでない嵐芝翫の場合は、有名な役は演じられないし、劇場の方も、注文しないのです。そうなると、自然に端役《はやく》ばかり演じるようになってしまいます」

と、村田は、いった。

(それで、遊女三か)

と、十津川は思った。

その一方で、村田は、嵐芝翫は歌舞伎の生き字引だといい、歌舞伎の宝だともいった。

この大きな格差は、いったい何なのか？

十津川は、捜査本部に帰ると、今度は、亀井刑事と、その疑問を話し合った。

まず、十津川は、村田に聞いた話を、亀井にきかせた。亀井も、歌舞伎の世界を、ほとんど知らないから、黙ってきいていた。

話し終えてから、十津川は、

「カメさんの感想を聞きたい」

と、いった。

「私は、日本の古典芸能には不案内で、歌舞伎の世界も同様です。したがって、感想も何もありませんよ」

「しかし、今回の事件を解決するには、歌舞伎の世界を、われわれが、どう見るかが、問われるんだよ」

「それはわかりますが、素人《しろうと》の私たちが、歌舞伎の世界を間違えて解釈すると、間違った結論に行ってしまいますね」

「しかし、犯人を見つけ出すには、どうしても、歌舞伎の世界を、私たちが解釈することになってくるんだよ」

と、十津川は、いった。

「歌舞伎、生花、お茶、踊りといった日本芸能には、共通の美点と欠点があると思いますね。今回の事件は、それが現れたものだと、勝手に考えているんですが」

と、亀井は、いった。

「その美点と欠点を、どう見ているんだ？」

「一般の人たちが見ている通りですよ。たとえば、うちの家内がやっている生花の世界ですが、家元制度があって、教授になろうとすると、何万円、何十万円と必要になります。古めかしい制度ですが、その古めかしい制度が、日本固有の生花の世界を亡《ほろ》ぼさずに、今まで生かしています。歌舞伎の世界も同じだと思うのです。歌舞伎を、今日まで続けさせたのは、歌舞伎の持つ古さではないかと考えるんです。古さと封建制が、逆に、歌舞伎を、何百年も亡ぼさず、持続させたのだと思いますね」

「私も、そう思うが、それが歌舞伎の欠点でもあるわけだろう？」

「そうですね。戦後、歌舞伎の近代化とか、家制度の欠点とかいわれながら、古いしきたりを保ち続けました。その欠点は残ったままですが、その欠点が強靱《きょうじん》なために、逆に、歌舞伎が亡びずに続いてきたわけです。今も、その欠点は、そのまま残っていますね」

「嵐芝翫の存在は、その欠点の一つか？」

「そうですね。今も申し上げたように、その欠点が、歌舞伎を生かしてきたわけですが、嵐芝翫という個人の立場に立ってみると、同じ欠点が、彼を苦しめてきたのではないかと考えてしまいます。制度を維持するために、個人を犠牲にしているのでしょう」

「その世界は、このまま続くと思うかね?」

「多分、続くでしょうね」

「どうしてだ?」

十津川が、更に、きく。

「今の形で、時代を生きのびて続いているからです。不思議だと思いますよ。現代に生き続けるために、古いしきたりを守ってきているんです」

と、亀井が、いった。

第七章　自尊心の戦い

I

嵐芝翫は、結局、三日間入院した。

その退院の瞬間を狙《ねら》って、数人の記者が、病院前に待ち構えていた。嵐芝翫のためというより、明らかに松川市之介と、人気の出てきた若い女形、中村常之介の、二人の名前のせいである。それにもちろん、魔法瓶の中に入っていた、農薬のことがある。

本来、農薬であやうく死にかけたのが、無名に近い嵐芝翫だけなら、たいしたニュースにはならないが、他の関係者二人が人気者だということで、記者たちは集まったのである。

嵐芝翫は、記者たちの質問に対して、終始「わかりません」とか「私の知らないことです」と繰り返していたが、最後に、こんなことをいった。

「今回、歌舞伎《かぶき》界を退いて、嵐好三郎に戻って、新派で働くことになりましたので、よろしくお願いします」

記者たちは、ほとんど無反応だったが、念のために顔を出していた、十津川と亀井は驚いた。入院していたせいで、嵐芝翫は、遊女三の役で出るはずだった初夏大歌舞伎にも、出演できずにいた。だから、歌舞伎界から退くことには驚かないが、新派に行くことに驚いたのだ。

過去にも、歌舞伎界から、他の芸能界に移った役者はいる。中村錦之助《きんのすけ》や市川雷蔵のような有名役者が、乞《こ》われて映画界に入っている。だが、無名の嵐芝翫改め嵐好三郎が新派に入って、出演する役はあるのだろうか？

「逃げじゃありませんかね？」

と、亀井が、小声でいった。

「逃げか？」

「そうですよ。今回の事件で、彼は一見、被害者の感じですが、農薬は自分で飲んだのかもしれません。だから、死なずにすんだ」

「何のために、そんなことをする？」

「松川市之介に来た脅迫状は、嵐好三郎が書いたのかもしれませんし、琴電の車内での殺人も、彼の仕業とも考えられます」

「動機は？」

「歌舞伎の名門に生まれず、女形として才能があるのに、いい役につけないことへの怒りかもしれません。それがバレてしまいそうなので、新派に移ることにしたんじゃありませんか？」

二人が、そんな話をしているところへ、嵐好三郎が近寄ってきた。記者たちは、すでにいなくなっている。

「今回、新派に移ることになりました」

と、嵐好三郎がいうので、

「びっくりしましたよ。あなたが、歌舞伎を離れるなんて、考えられませんからね。それにしても、なぜ新派なんですか？　あなたは、歌舞伎でずっと女形をされてきたんでしょう？　新派には、女優がいるのに、仕事があるんですか？」

十津川が、きくと、

「だから、新派を選んだんですよ」

と、嵐好三郎は、ニッコリして、

「新派には、女形の役者がいるんです。たとえば、新派の代表作に『婦系図《おんなけいず》』と『滝の白糸』がありますが、ともに花柳章太郎《はなやぎしょうたろう》さんの当たり役でした」

「それを、あなたがやるわけですか？」

「とんでもない。今回、『下町のお巡りさん』という喜劇をやるんですが、下町のおばさんができる女優さんがいないので、ぜひ私にという話を頂きました。私は喜んで、やらせてもらうことにしたのです」

「実は、今までの事件について、ぜひ、あなたに聞きたいことがあるので、時間をとっていただきたいのですがね。退院したばかりなのに、申し訳ありません。ご都合は、いかがでしょうか」

「それなら、いつでも構いませんよ。今いった公演は、一ヶ月後ですから。明日でも構いません」

「じゃあ、一週間後にしてください」

と、十津川は、注文をつけた。

嵐好三郎は、変な顔をして、

「それなら、一週間後の五月十日に」

と、納得した。

場所と時間を決めて、十津川は、嵐好三郎と別れた。

2

「どうしてすぐ、訊問《じんもん》しないんですか？ 向うも承知していたのに？」

と、亀井が、別れたあとできいた。

「一週間、調べたいことがあるんだよ。その答えを見つけてから、嵐好三郎に話を聞きたいと思っている」

とだけ、十津川は、いった。

五月十日までの一週間、十津川は、ほとんどひとりで家に閉じ籠《こも》り、一日だけ、琴電に乗るために、四国へ出かけた。

そして、五月十日。午後六時。

新宿西口の超高層ビルの四十階にある、『天とじ』の個室で、夕食をとりながら、十津川と亀井は、嵐好三郎に会った。まだ太陽は沈んでおらず、黄昏時《たそがれどき》とでもいう時間だった。

「新派に移ったあなたを、何と呼んだらいいんですか？　嵐好三郎でいいんですか？」

と、まず、十津川がきいた。

嵐好三郎は、箸《はし》を動かしながら、

「今のままで結構です。市川団十郎とか菊五郎なら、新派ではおかしいかもしれませんが」

「そういえば、あなたが使っていた芝翫というのは、大きな名前なんでしょう？　よく、使わせてくれましたね？」

十津川がきくと、嵐好三郎は、明らかに戸惑いの色を見せた。夕食に、天ぷらを食べながらの、和気あいあいとした話し合いと思っていたのに、急に、難しい話になったと、感じたのだろう。

「先日も申し上げましたが、あれは、中村橋之助さんが、八代目中村芝翫を継ぐまでの間、ご無理をいって、使わせていただきました。私は先代の中村芝翫さんの芸が好きで、あこがれていたので、少しの間でも、その名前を借りさせていただきました。

今回、中村橋之助さんが襲名されるので、お礼をいいながら、お返しいたしました」

嵐好三郎が、先日、病院でいっていた話とは、少しちがうことに、十津川は気づいていた。あの時は、向こうから芝翫の名前を使うことを度々頼まれたと、話していたはずだった。

「実は、このあいだ、成駒屋さんに聞いてみたんですが、芝翫の名前を使うことを、許可したことはないといっているんですよ。その点は、どうなんですか？」

「しかし、芝翫の名前で舞台にあがっても、何もいわれなかったので、喜んで使わせていただいていたんですが――」

「そこが、問題なんです、今回の一連の事件において」

と、十津川がいった。

「ちょっと、わかりませんが――？」

嵐好三郎が、眉《まゆ》を寄せている。

「何がですか？」

「松川市之介あての脅迫状や、こんぴら歌舞伎の帰りの琴電での殺人事件と、私が、芝翫の名前を使わせていただいていたこととは、全く関係がないと思いますが」

嵐好三郎は、箸を置いて、十津川に抗議した。

十津川は微笑して、

「あなたがいうように、私たちも関係ないと考えていました。ところが、そうすると、一連の事件の謎《なぞ》が、解けないんですよ。それで、関係があると考えることにしました。歌舞伎のことを知らない人間の考えたことですから、どうぞ食事をしながら聞いて、もし間違っていたら、遠慮なく指摘して下さい」

「――」

嵐好三郎は、やっと箸を取って、食事を再開した。それを見ながら、

「そこで、芝翫という名前ですが――」

と、十津川が、いう。

「代々、成駒屋が継いできた名前で、他の役者は使えないと聞きました。が、あなたが使っているのに、成駒屋の人たちが、何もいわず、黙認している。それで、私は、松川市之介さんのせいかなと思ったのです。彼は名門の生まれで、人気も高い。あなたは、その松川市之介さんの番頭役をやっていたので、成駒屋の人たちが、松川市之介さんの顔を立てて、黙認しているのかとも考えたのですが、歌舞伎に詳しい人に聞くと、そんなバカなことは、あり得ないというのです。そうだろうと私も思いました。何代にもわたって、代々継いできた名前ですからね。その名前を継承するときには、

盛大な襲名披露興行があるのが普通で、黙認するなど考えられないのです。しかし、襲名披露もなかったが、成駒屋からの文句もないという。そうなると、なぜ、あなたが、芝翫という名前を使えたのかが、わからなくなってしまう。そのことについて、あなたご自身のことだから、答えてもらえませんか？」

「いや、私にも、わからないのです。前にもいいましたが、私は、先代の芝翫さんを尊敬していて、ある時、何気なく、嵐芝翫と名乗ってみたんです。それを見ても、松川市之介さんは何もいわないし、成駒屋の人たちも、見て見ぬふりをするので、私は勝手に、許可がおりたものと考えていたんです。中村橋之助さんが、襲名するまでは――」

と、嵐好三郎が、いった。

十津川が、微笑した。相手が嘘《うそ》をついているのが、わかったからだった。本当の理由を、十津川は知っていた。

「松川市之介さんも、成駒屋の人たちも、あなたが芝翫の名前を使うのを、とめなかった。だが、許可もしていない。ということは、もっと強い力が働いているとしか、私には考えられなかったのですよ。では、どんな力が働いていたのか？ 私が最初に考えたのは、歌舞伎座を持っているS株式会社です。その会社の社長なら、歌舞伎役者に命令したり、頼んだりすることが出来るのではないか？　しかし途中で、この考えは捨てました。役者を預かっている会社の社長が、こんなバカなことを許可するはずがないと思ったからです。第一、あなたに芝翫を名乗らせる意味がない。大事な成駒屋の役者たちを、不愉快にさせるだけですからね」

十津川が口にする話を、嵐好三郎は聞きながら、黙々と箸を動かしていた。それでも聞いていることは、時々、彼の耳が、ぴくぴく動くのでわかった。

「そこで、私が思い出したのは、尾形誠一郎という名前です。あなたも、よく知っている名前ですよ。六十歳で死んだ、いや、殺された。ゲーム機メーカーの社長で、大変な資産家で、個人資産は六千億円ともいわれた。何よりも、歌舞伎の最大の後援者だった」

十津川は、不思議な気がしていた。嵐好三郎と知り合う直前に、死んでしまった男の名前である。それから、ずいぶん時間が経《た》った気がするのだが、実際には、さほど時間は経っていないのである。

「今回の一連の事件は、この尾形誠一郎の死から始まったといってもいいのです。彼の父親も、同じように資産家で、歌舞伎の後援者でした。戦後、占領軍が、歌舞伎の演目の多くを上演禁止にしました。仇討《あだう》ちの話が禁止されましたよね。考えてみると、歌舞伎には仇討ちの話が多い。忠臣蔵もあるし、石川五右衛門だって、仇討ちの話ですから、それが禁止されて、歌舞伎が危機に陥ってしまった。そんな時、尾形誠一郎の父、徳太郎《とくたろう》が経済援助をして、支えてくれた。その子の誠一郎も、亡《な》くなった父親の遺志を継いで、歌舞伎の最大の後援者になった。いわば、尾形徳太郎も、息子の誠一郎も、歌舞伎にとっての大恩人、そうでしょう？」

十津川は、言葉を切って、嵐好三郎の顔を見た。

「十津川さんのいわれた通り、尾形さんは、歌舞伎にとって最大の後援者ですが、私みたいな歌舞伎界の端にいた人間にとっては、逆に近寄りがたい存在でしてね。あまり恩恵は感じませんでしたね」

と、嵐が、いう。

「本当ですか？」

「嘘なんか、ついていませんよ」

「しかし、私はここに来て、尾形誠一郎の存在を、考え直してみたんですよ。あなたが芝翫を名乗っていることに、成駒屋は、黙認していた。松川市之介さんも、何もいっていない。今まで、その理由がわからなかったのですが、それを抑えたのが、尾形誠一郎だったら、どうだろうかと、考えてみたんですよ。尾形誠一郎が、あなたに、しばらく芝翫の名前を使わせてやってくれないかといったら、成駒屋でも、承知せざるを得なかったんじゃないか。もちろん、成駒屋の役者が正式の芝翫襲名する時までですよ。成駒屋は不満を持ったかもしれないが、歌舞伎界全体のことを考えて了承したのではないかと考えたのですが、違いますか?」

「とんでもない勘違いですよ。第一、私なんかのために、尾形さんがどうして、力を貸してくれるんです? 例えば、歌右衛門さんのような名優のために、尾形さんが尽力するのなら、わかりますが」

「歌右衛門というのは、亡くなった先代の歌右衛門のことですね?」

「そうです。今なら、玉三郎さんとかですよ」

「なるほど。私も、実は、同じ疑問にぶつかりました。歌舞伎の第一のパトロンなら、今、あなたがいった玉三郎とか、有名役者に肩入れするのではないかと。それなら、芸能ニュースになっているだろうと思って、調べたんですが、それらしい記事は見つからなかった。その代り、尾形さんは、『ザ・カブキ』という会を作って、その会を通して、歌舞伎全体に援助していた」

「そうでしょう? 尾形さんは、歌舞伎全体のパトロンですよ。私とは関係ない」

「しかしね。それでは、あなたが芝翫を名乗っていた理由がわからない」

「私が、勝手に、名前を使っていただけですよ」

「私が知りたいのは、あなたが、勝手に芝翫の名前を使えた理由ですよ。私は、尾形誠一郎の息子の尾形誠に会って、亡くなった父親の話を聞くことにした。息子の尾形誠も、父にならって、『ザ・カブキ』の理事長になり、歌舞伎の援助を続けるといった」

「それを聞いて、ほっとしましたよ。尾形さんがあんな死に方をしたので、息子の誠さんが、歌舞伎との縁を切ってしまうのではないかと心配していたのですよ」

「尾形誠一郎社長は、新発売のゲームで、多額の賞金をつけて、次の社長を当てるという問題を出していました。このことからもわかるように、尾形社長は、会社の第一線からは退いて、趣味の歌舞伎の世界に、もっと力を入れていきたいという希望を持っていたようです。しかし、これでは、芝翫の名前を巡る、私の疑問の答えにはならない」

と、十津川は、いった。

「もう、私のことは、いいでしょう。間もなく中村橋之助さんの、八代目中村芝翫の襲名披露興行が行われ、私は嵐好三郎に戻って、新派に移った。これで、全《すべ》て終わったんですよ」

「いや、終わっていない」

「脅迫状と、殺人でしょう？　それは、歌舞伎と直接は関係ありませんよ。脅迫状は松川市之介個人に宛《あ》てられたものだし、琴電の車内の殺人は、歌舞伎と関係なく、捜査が進むんじゃありませんか？　歌舞伎の舞台で起きた殺人事件ではなく、高松琴平電気鉄道の車内で起きた殺人事件ですからね」

「しかし、その根本のところに、芝翫の名前がある」

「もう、その名前は返上したし、すでに新派の人間です」

「だが、誰も過去と切り離せないし、過去に責任があるんですよ」

「いったい、何を、私に喋《しゃべ》らせたいんですか？」

「私は、尾形誠一郎さんの息子に頼みました。亡くなったお父さんについて、歌舞伎との関係を、どんなことでもいいから話してくれと。そのあとは、根比べでした。都合の悪いことは、話してくれませんからね。詳しく話してくれたのは、事件の参考にならないことばかりでした。歌舞伎ファンなら、誰でも知っているようなことばかりを、じっと我慢して聞いていましたよ。三時間以上、聞いていました。その揚げ句に、やっと話してくれたことがあるんです」

と、十津川は、いった。

　嵐好三郎は、話の続きに、耳を傾けていた。

「誠さんが、亡くなった誠一郎さんのことで、こんなエピソードを話してくれたんですよ。これは身内だけの話ですが、と断ってね。『父の綽名は女形殺しでした』とね。『歌舞伎好きは、祖父ゆずりだが、特に女形が好きだった』というのです。それなら、歌右衛門とか、玉三郎が好きだったのかと聞いたら、違うというのです」

　徐々に、嵐好三郎の顔色が青ざめていった。十津川は、そうした変化を認めながら、語り続ける。

「誠さんは、『父は、そうした有名女形ではなく、無名だが、上手《うま》い女形が好きだった。したがって、役の方も、揚巻《あげまき》とか桜姫といった主役級の役よりも、腰元や花魁《おいらん》の一人といった役の方を愛《め》でた』といい、『そうした女形を食事に誘ったり、楽屋に訪ね、多額の楽屋見舞いを渡していた』と、打ち明けてくれました。小さな役を、懸命に演じている女形に、色気を感じるといっていたそうです」

「――」

「あなたに、ぴったりの話じゃありませんか？　歌舞伎の生き字引といわれ、上手い女形だが役に恵まれない女形に、ぴったりですよ。だから、尾形誠一郎は、あなたに色気を感じて、ファンになったんじゃありませんか？」

十津川の言葉に、嵐好三郎は黙ってしまった。

「さらに、誠さんは、お父さんから、こんなことも聞いていたそうです。『今度、私が好きになった嵐好三郎という女形は、先代の中村芝翫の熱烈なファンでね。一度でいいから、芝翫という名前になってみたいというので、私が、成駒屋に頼んでやった。誰かが八代目芝翫襲名披露をするまで、嵐好三郎が、芝翫の名前を使うのを許してやって欲しい、とな』。つまり、尾形誠一郎が、成駒屋に話をつけていたのです。成駒屋としては、相手が尾形誠一郎だけに、表立っては反対できない。しかし、歌舞伎の歴史には、今までになかったことだった。私のように、歌舞伎のことはわからない人間から見れば、あなたが芝翫と名乗っても、別に、おかしいとは思いませんでした。歌舞伎には、いろいろな名前があると思っていたからです。ここで重要なのは、こうした事情を知らずに、私たち警察が、一連の事件の捜査に介入したということなのです」

3

いつしか、窓外の景色は闇《やみ》に沈み、煌々《こうこう》と輝く新宿西口のビル群が映し出された。

「最初は、松川市之介さんが脅迫されているという、芝翫さん、いや嵐好三郎さんの訴えでした。しかし、この事件も、今、私が明らかにした事情に従って、考え直さざるを得ないのです」

と、十津川は、いった。

嵐好三郎は、完全に、箸を置いてしまった。十津川は、それを見て、自分も食事を止め、番茶を運んで貰《もら》った。一口飲んでから、再び話を続けた。

「最初に、あなたが探偵に依頼したのは、松川市之介さんに、脅迫状が送られてきているという一件でした。その脅迫状は、松川市之介さんが、四国の小さな芝居小屋に出演することをやめるように脅す内容で、どうやら犯人は、後援者の尾形誠一郎さんらしいというものでした」

話を整理しながら、十津川は、事件の時計を進める。

「この時は、歌舞伎を背負う大役者なら、歌舞伎の大舞台に力を入れるべきで、地方のこんぴら歌舞伎に出演するのはやめろという、ある意味、後援者らしい要求だと理解できたと思います。しかし、尾形誠一郎さんが『女形殺し』といわれ、嵐好三郎さんが、芝翫という名前を使うことを、役者の皆さんに頼み込んでいたとすれば、そんな時に、松川市之介さんが、こんぴら歌舞伎に出ることを、そんなに気にするとは、考えにくいです。実際にも、尾形誠一郎さんが死に、脅迫状の主が、彼でないことがわかりました。私たちが事件に介入したのは、このときでしたね」

嵐好三郎は、なにを考えているのだろうか。新宿西口のビル群に目を向けたまま、話をきいている。

「その後、松川市之介さんは、関西歌舞伎の人気女形の片山新太郎さん、それに、あなたと共に、こんぴら歌舞伎に出演されました。金丸座ですが、ここにまで脅迫状が追いかけてきて、われわれは面喰らいました。それも、楽屋の鏡に、脅迫状が貼《は》りつけられていたからです。犯人が、どうやって、楽屋に脅迫状を置いていったのか？二人の人気役者と、ワキ役のあなたの眼をかすめて、いかにして、目撃されずに、脅迫状を楽屋に置けたのか、まず、その謎を解くことから、捜査を始めなければならなかったのです。しかし、見方を変えて、三人の役者の一人が犯人なら、こんな簡単なことはありません。そこで、私は改めて、三人の誰が、脅迫状を書いたかを考えてみました。脅迫状は、松川市之介さんに宛《あ》てたものでした。松川市之介さんが、自分自身に脅迫状を書くでしょうか？　もちろん、自分が疑われているとき、その疑いを他に向けるために、自分に脅迫状を書くことはあります。しかし、この時、松川市之介さんは、別に疑われてはいませんでした。人気抜群の歌舞伎役者で、ねたまれてはいても、疑われてはいなかったのです。次は、片山新太郎さんですが、この時が初めての共演で、松川市之介さんに脅迫状を書く理由がありません。とすれば、残るのは一人、あの時は嵐芝翫と呼ばれていた、あなたしかいません」

「私にも、松川市之介さんに、脅迫状を書く理由がありませんよ」

と、嵐が強い口調でいった。その目は、何かを決めたように見えた。

「本当に、ありませんか？」

十津川がきく。まだ、十津川の顔には、微笑があった。

「私は、松川市之介さんの番頭役をやらせていただき、可愛《かわい》がってもらっていました。おかげで、同じ舞台に出させていただきました。そんな市之介さんに、脅迫状を書くわけがないでしょう？」

と、嵐は抗議する。こちらも微笑してはいたが、ぎこちない表情だった。

「確かに、あなたは、松川市之介さんにとって、忠実な番頭役さんに見えましたよ。それに対して、松川市之介さんは、『助六由縁松葉菊』で助六をやるとなった時、あなたに『遊女三』の役を与えている」

「そうです。私は、そんな松川市之介さんの配慮に感激しました」

「あなたは、そういっていますね。感謝していると。しかし、本当は不満だったんじゃありませんか？　何しろ、あなたは芝翫さんなんだから」

「からかわないで下さい。私は、ホンモノの芝翫じゃないし、もう、その名前は返上しました」

と、小さく、手を横に振った。

「私は、今、あなたに初めて会った時のことを思い出しているんですよ。私が『芝翫さん』と呼ぶたびに、あなたがニッコリしたのを思い出しました。その時はわかりませんでしたが、今になると、あなたの笑顔の意味が、よくわかります。あなたは、仮の名前であっても、『芝翫』と呼ばれるのが、嬉《うれ》しかった。それだけ、歌舞伎の世界では、菊五郎、仁左衛門、歌右衛門といった名前は、大きく重いものだとわかってきましたよ。芝翫という名も、それに並ぶくらいのものでしょう。あなたは、私たちよりもはるかに、その重さがわかっているから、仮初めと知っていても、芝翫と呼ばれると、身体《からだ》がふるえるような喜びを感じていたに違いないと思うのです」

十津川は、番茶を口に含み、続ける。

「しかし、その名前は、中村橋之助さんが八代目芝翫を襲名することが決まり、返上しなければならない。芝翫の名前を返上して、嵐好三郎という名前に戻るしかないのです。それでも、あなたは、芝翫と呼ばれる時の快感が忘れられずにいた。先代の芸にあこがれ、自分の芸や、歌舞伎についての知識は、その名前に見合ったものだという、密《ひそ》かな自負もあったのでしょう。それだけに、あなたは、名家に生まれた松川市之介という役者が妬《ねた》ましくて、たまらなかったのです」

嵐好三郎の手には、箸がにぎられたままだったが、それは動いてはいなかった。それを見ながら、十津川が、話を続けた。

「名家に生まれた松川市之介さんは、いずれ大きな名跡を継ぐことが約束されています。もちろん、その名前は、誰かに取り上げられることなどありません。芸では決して負けない、いや自分の方が上だと思っていても、市之介さんは助六で、あなたは遊女三です。それも、市之介さんのお情けで、出してもらっているのです。芝翫という名前があるうちは、それでも我慢できたし、いろいろと考えずにもいられたのでしょう。いよいよ八代目芝翫襲名が近づき、あなたは、嫉妬心《しっとしん》でいても立ってもいられなくなった。それで、松之介さんあてに、脅迫状を送ったのです。

理由は、二つあります。一つは、もちろん、松之介さんへの嫉妬、腹いせでしょう。もう一つは、脅迫状が一番の心配事になれば、芝翫という名前を返上する件が、話題になるのを避けられるからです。あなたは、自分に世間の目が向くのが、嫌だった。それで、松之介さんが、脅迫状に悩まされる状況を作ったのです。松川市之介さんは人気者で、その上、女性関係が多いので、脅迫状をもらっても、不思議はない。あなたのやり方は、たしかに成功した。それで、あなたは東京でも、琴平でも、松川市之介さんに脅迫状を送りつけたのですよ」

「証拠は？」

と、嵐好三郎が、目を上げて、いった。

「正直にいって、状況証拠しかありません。しかし、あなたが脅迫状を送り続けていたことは、間違いないんですよ」

と、十津川はいった。

「仮に、私だとして、どうして、こんぴら歌舞伎に出るな、などと、脅迫状に書いたというのです？」

「いざとなれば、脅迫状の犯人を、尾形誠一郎社長にすることができると考えたのではありませんか。だから、いかにも尾形社長が書きそうな脅迫状を送ったのです。尾形社長と松之介さんの仲を裂くという意味も、あったのかもしれません」

「他にも、私が犯人だという状況証拠が、あるんですか？」

と、嵐がきく。

「それでは、次に、高松琴平電鉄のことを話し合うことにしましょう」

「高松に帰る途中の駅で、松川市之介さんの女性関係を批判する横断幕が、出た時のことですね？」

「まずは、そこから始めましょう」

「十津川さんにいわせると、あれも、私が計画したことになるんでしょう？」

「そうです」

「証拠は、あるんですか？」

「現地の警察が、あの駅で横断幕をかかげていた、若者二人を見つけ出しています。彼らは、知らない男に頼まれた、といっているそうです」

「その知らない男というのが、私だとでもいうんですか？」

　と、嵐がきく。

「いや、あなたじゃない。この男です」

　十津川は、一枚の写真を取り出して、見せた。

　それは、二人の青年が、長身のジャンパー姿の男から、問題の横断幕を受け取っているときの写真だった。

「この長身の男が、この二人に、仕事を頼んだんです。二人の若者は、地元の人間で、歌舞伎のファンです。地元では有名で、仲間で歌舞伎のマネゴトを、毎年、年末にやっているそうです。その二人を名指しで、駅のホームで、こんぴら歌舞伎からの帰りに、琴電に乗ってくる松川市之介を称賛してやってくれと頼んできたそうです。二人は少しばかり信用できないので、駅の近くで男に会うことにして、念のため、友人に写真に撮って貰うことにしたというのですよ。これが、その時の写真です。横断幕に書いてある文句は、少しばかり気に入らなかったが、好きな松川市之介が、びっくりする顔が見られそうだ。それが楽しみで、承知したそうです。それが今年の四月十日、こんぴら歌舞伎の始まる五日前です。こんぴら歌舞伎は、四月十五、十六、十七日の三日間でしたから」

「問題は、地元の歌舞伎好きの若者二人に、頼んだ人間でしょう？　この背の高い男はどう見ても私じゃありませんがね」

「その通りです」

「この男の身元は、わかったんですか？」

「いや、残念ながら、わかりません」

「依頼人のこの背の高い男が、誰かわからないのでは、私が依頼したという証拠には、ならないんじゃありませんか？」

と、嵐は強い口調で、いう。

「それでも、私は、あなた以外には考えられないんですよ」

と、十津川が、いった。

「どうしてですか？」

「あなたなら、問題の日、何時の高松築港行の列車に乗ったか、知らせることが出来ますからね」

「それなら、こんぴら歌舞伎に関係している人間なら、誰でもわかっていますよ。私たちを、琴電琴平駅に見送った人間もです」

「ですが、あの日の朝、市之介さんとあなたは、琴平から車で高松へ行き、飛行機で東京に戻る予定でした。それを急に、琴電に乗って、高松へ行き、岡山から新幹線で帰ることにした。だから、あなた以外には、何日も前から、仏生山の駅で横断幕を広げるように、依頼することはできなかったのですよ」

「それは、市之介が急に、琴電で帰りたいといい出したのです。私に、予想することなど、できるはずがありません」

反論する嵐好三郎に、十津川はいった。

「たしかに、あなたは私に、そういいましたね。しかし、私は、それを疑っているんです。本当のところは、あなたが市之介さんをうまく誘導して、琴電で帰るように、仕向けたのではありませんか。無事、こんぴら歌舞伎が終わったのだから、もう大丈夫だとか、行きも帰りも車では、かえって狙われるとか、うまく話したのでしょう」

「証拠が、あるんですか？」

と、また嵐好三郎が、いった。しかし、前よりも、自信が薄れているように、十津川には見えた。

「問題の横断幕が掲げられたのは、琴電の仏生山駅なんですが、あなたは、行かれたことはありますか？」

「ありませんよ。当然でしょう」

「誓えますか？」

「もちろん」

「それでは、もう一度、写真を見て下さい」

と、十津川が、いった。

「いくら見ても、同じですよ。この背の高い男は、私じゃない。誰に見せたって、別人だといいますよ」

「いや、その男のうしろに、数人の人間が写っているでしょう。男三人に、女二人です。その人たちの端にいて、カメラの方を向いている男を、よく見て下さい」

「――」

嵐好三郎の眼が、一瞬、止まった。

十津川は、ニッコリした。

「どう見ても、あなたですね。あなたは、その背の高い男に頼んだが、心配になって、四月十日に、かくれて見に行ったんですよ」

「しかし、これは――」

「そうです。犯罪じゃありません。ただ、嘘をつかれるのは困りますね」

「でも――」

「東京から琴平に向かうために、のぞみに乗っていた時にかかってきた脅迫電話がありましたね。あなたの携帯でしたね。あの時の電話も、この背の高い男に、あなたが頼んでいたのでしょう。一種のアリバイ工作のつもりだったのではありませんか」

「帰りの琴電の車内でも、私の携帯電話に、女の声で脅迫電話がかかってきましたよ。勝負は五月だと、そういわれました。あれも、私が誰かに頼んだというのですか」

「女の声だったというのは、あなたの証言だけですからね。あれは、あなたの一人芝居だったのではないですか。たまたまかかってきた電話を利用した、それだけでしょう」

「――」

「それでは、琴電の中で起きた殺人事件に、話を移しましょう」

と、十津川は、いった。嵐好三郎は、話を遮ってきた。

「それこそ、私は関係ない。殺された女性と会ったことはないし、殺す理由もない。彼女は、松川市之介のファンですよ」

「その通りです。地元警察の調べでは、歌舞伎のファンで、特に松川市之介さんと付き合っていたということが、わかっています」

「それなら、私とは関係がない。関係があるとすれば、松川市之介の方だ」

「いや。あなたにも動機があるんですよ」

と、十津川が、いった。

「私にも？　何の動機がある？　彼女は、松川市之介のファンだといったし、サインした色紙を持っていた。私とは関係ない」

「サインの日付がおかしいとは、思わなかったんですか？　四月十五、十六、十七日と、興行をやったが、色紙の日付は、十八日だった」

「それがなんだというんです？　松川市之介は、時々、サインの日付を間違えるし、あの日は、琴電琴平駅で盛大な見送りを受けたから、その時にサインしたのかもしれない。いずれにしても、松川市之介の問題だ。私と関係はない」

と、嵐は繰り返した。

「先日、あなたはこのサインは自分が書いたものだとお認めになったことを、お忘れでしょうか？　また、嘘をつかれるのですね。ところで、この殺された女性ですが、かなりの美人です」

「急に、なんですか。それが、どうだというんですか？」

「あなたは、この女性に、いいところを見せようとして、自分は、嵐芝翫だと名乗ったのではありませんか。芝翫は、歌舞伎では大きな名前だから、彼女がびっくりして、自分のサインも欲しいといってくれれば、あなたは満足したに違いないが、彼女は、芝翫の名前を知らなかった。もっというと、聞く耳をもたなかった。その頃、あなたは、誰に対しても、芝翫を名乗っていた。中村芝翫ではないが、嵐芝翫という名に、誇りを持っていた。次に襲名するだろうホンモノの芝翫より、自分の方が、芝居は勝っていると思っていたのでしょう。それなのに、彼女に無視された。歌舞伎ファンにとっても、あなたの名前は、その程度のものでしかなかった。あなたは、ニセモノの芝翫だが、それでも自尊心が傷ついた。いやニセモノだからこそ、余計に傷ついた。それが、あなたの動機だ」

「証拠はないんでしょう？　あるはずがない。全部推測だ」

「どうしてです？」

「私は、この被害者と、琴電の中で話したこともないし、第一、琴電に乗っていることも知らなかったからですよ。初めて会う女性で、事件がなかったら、お互いに知らないままだったはずです」

「被害者は、二両編成の後方の車両にいたんですが、その車両に行って、被害者と話をしたこともありませんか？」

「覗《のぞ》きはしましたよ。しかし、被害者と話したことなんかありませんよ。全くの他人ですからね」

「彼女の隣りに腰を下して、話したことはありますか？」

「ありませんよ。何度もいいますが、被害者の女性は、松川市之介さんのファンですから」

「実は、地元の警察は、あの電車で、高松まで乗っていた乗客全員に、気がついたことはないかと、何回か聞いているんです」

「私と松川市之介は、聞かれませんでしたよ」

「それは、お二人が容疑者だからですよ」

と、十津川は、いって、

「今は、ほとんどの人が、カメラ付きのスマートフォンを持っていましてね。あの電車にも何人かいて、その中の一人が、自分の端末で、あなたを撮っていたんですよ。その写真を、地元の警察から借りてきました。全部で五枚あります」

十津川は、その五枚を、嵐の前に並べていった。

「ごらんのように、あなたが、被害者の女性の隣りに座って、おしゃべりをしている写真です。この間、五、六分は話していたと、撮った女性はいっています」

「しかし、この件で、地元の警察から質問はされませんでしたよ」

「これだけでは、しないでしょう。犯罪じゃありませんから」

と、十津川は、言葉を切ってから、嵐好三郎の顔を、正面から見た。

「しかし、嘘をつくのはいけませんね。あなたが嘘をつくのは、これで三度目です。あなたの心証は、限りなくクロになりましたよ」

嵐好三郎は、また黙ってしまったが、小声でつぶやいた。

「一つ聞きたい」

「どんなことですか？」

「この写真を、スマートフォンで撮った女性は、なぜ撮ったんですか？　被害者の知り合いですか？」

「いや、彼女は、あなたの写真を撮りたかったんですよ」

「私の？　信じられませんよ。芝翫の名前も知らない女性がいたのに、私の顔を知っている人などいたはずはないでしょう？」

「三十歳の独身の女性で、歌舞伎ファンですが、吉右衛門《きちえもん》とか、菊五郎とか、仁左衛門といった大物の役者ではなくて、端役《はやく》を一生懸命に演じている、無名の役者に注目するファンなんだそうです。東京に行った時、時間があったので、歌舞伎座で、あなたが出た歌舞伎を見たといいます。松川市之介さんが主役を演じていたが、彼女は、それよりも、花魁の一人に扮《ふん》した、あなたに感動したというのです。それで、あなたの顔と名前を覚えて帰ったが、あの日、たまたま琴電に乗っていて、あなたを見た。それで、夢中でカメラで、あなたを撮ったというのですよ。もちろん、あんな事件が起きるとは思っていなかったので、あくまで、あなたを撮っていたんだと、いっているそうです。そんな、あなたのファンもいるんですよ」

「しかし、私が、被害者を殺した場面の写真じゃない」

「そうです。あなたのおっしゃるとおり、殺人の瞬間ではありません。あなたが、青酸カリ入りの缶コーヒーを渡した瞬間は、誰にも目撃されていません。おそらく、市之介からだといって、色紙と一緒に渡したのでしょうね」

十津川の隣りに座る亀井は、食事に一切手をつけず、メモをとり続けている。

「最後に、東京で起きた最初の事件に戻りましょう」

と、十津川は続けた。

「四月十二日に、東京の超高層マンションの二十八階の角部屋で、歌舞伎の最大の後援者、尾形誠一郎さんが、ナイフで刺された事件です」

と、いって、嵐好三郎の反応を見た。

が、彼の反応が、少し、おかしかった。

十津川が予想した反応は、「関係ない！」と大声をだすか、黙り込んでしまうかの、どちらかだろうというものだった。

ところが、嵐の反応は、予想外のものだった。

突然、泣き出したのだ。

嗚咽《おえつ》である。

十津川が、あっけにとられていると、嵐は、

「もういい。やめて下さい！」

と、いい、また嗚咽するのだ。

「この話は、嫌ですか？　今回の一連の事件の、最初の殺人事件ですよ。だから、避けては通れない。これが最後ですから、一緒に考えて欲しいのですよ」

「だから、もういいと、いってるじゃありませんか」

今度は、怒りを見せて、嵐がいう。

「しかし、どちらかに決める必要があります。犯人だと認めるか、あくまでも否定するかの、どちらかに決めないと、収拾がつかなくなりますからね」

十津川は、わざと、ゆっくりいった。

「だから、その件は、もういいと、いってるんですよ。四月十二日の夜中に、尾形誠一郎さんのマンションで、彼をナイフで刺したのは、私ですよ。認めるから、それでいいじゃありませんか」

嵐好三郎が、押し殺した声でいう。

「どうして、殺したんですか？　尾形さんは、あなたにとって、大事な後援者だったんでしょう？　女形殺しの噂《うわさ》のように、尾形さんは、あなたの演技に惚《ほ》れて、芝翫の名前も、中村橋之助が八代目芝翫を襲名するまで、使えるように頼んでくれたんでしょう？　それなのに、どうして、尾形誠一郎さんを殺したんですか？」

「いいたくありません。私が、尾形さんを殺したといっているんだから、それでいいじゃありませんか」

嵐の声が、低く小さくなっていく。

「そうはいかないんですよ。あなたが、『私が殺した』といっても、それだけで、あなたを逮捕し、起訴することは出来ません。特に、殺人の場合は、殺人の動機、方法、殺した相手、凶器などが、はっきりしなければ、逮捕は難しいのですよ」

「私が、今は自供しておいて、裁判の途中で、自供をひるがえすのを心配しているのでしょうが、私は、そんなことはしませんよ。それに、琴電の車内での殺人についても、私がやったことを認めますよ。あなたが、私の動機も話してくれたので、私は、もう誤魔化す気もなくなりました。そうです、松川市之介に対する脅迫状は、私が書きました。尾形さんも、琴電の女性も、私が殺した。それ以上、いうことはありません。この自供は絶対に変えないし、変えて、私が有利になるわけでもない。これで、いいんじゃありませんか？」

嵐好三郎の表情が、少しずつ、おだやかになってくるのが、わかった。

だが、このままでは、嵐が尾形誠一郎を殺した動機を、話すようには思えなかった。

今、嵐に話した動機は、あくまでも、十津川の推測でしかない。状況証拠だけで、嵐から動機が語られなければ、本当の解決とはいえない。

「今日は、お互いに疲れたので、二日後に、もう一度、会うことにしましょう。場所は、帝国ホテルのロビー、時刻は午後二時。それを、最後の話し合いとしたいのです。その時には、われわれは、あなたに対する逮捕状を持っていきます」

と、十津川は、いった。

「二日の間に、私が、逃亡してしまったらどうするんです？」

嵐好三郎がきく。その顔は、笑っていた。

「私は、あなたが逃げたりはしないと思っています」

「そんなに簡単に、私を信用していいんですか？」

嵐の言葉に、十津川は微笑を返して、

「私は、あなたの自尊心を尊重しているんです。だから、あなたは、私たちに対しても、嘘はつかないし、あなた自身に対しても嘘はつかないと信じています。二日後に、もう一度、お会いする時を楽しみにしています」

と、いった。

嵐好三郎は、そのまま帰っていった。多くの料理が、手つかずのまま残っている。

店を出る頃には、終電の時間となっていたが、新宿西口のビル群の明かりは、変わることなく点《とも》り続けていた。

4

十津川のやり方に、反対する声もあがった。あそこまで追い詰めておいて、帰してしまえば、嵐好三郎は、逃げて姿を消してしまうだろうと、危惧《きぐ》する者もいたし、海外に逃げてしまったら、どうするのだと、十津川を批判する者もいた。

しかし、十津川には、彼が逃亡するとは思えなかった。

彼は、ここにきて、歌舞伎の世界から、新派に移っている。もちろん、芝翫という名前は返上して、嵐好三郎に戻っている。

彼が、どんな気持ちで新派に移ったのか、本当のところはわからない。が、自分の気持ちを整理しようとしていることだけは、わかった。

そんな男が、逃げたりするとは、とても思えなかったのだ。

だから、二日間の猶予を与えたのである。二日間あれば、状況証拠しかない事件について、彼の方から、全てを話してくれるのではないかという期待を、十津川は持っていた。

十津川には、自信があった。

二日後、十津川は、亀井と二人だけで、帝国ホテルに向かった。

拳銃《けんじゅう》も手錠も持たなかったが、逮捕令状は持っている。

約束の時刻より五分早く、ロビーに着いた。

コーヒーを頼んで、嵐を待つ。

約束の午後二時になったが、嵐は姿を現さない。

更に、五分経った。

だが、嵐の姿はない。

「しまった！　そういうことか！」

突然、十津川が叫んだ。

「逃げましたか？」

「いや。自殺だよ。その可能性を忘れていたんだ」

十津川は、レジで金を払い、ホテルの玄関に向かって走った。

タクシーで、嵐の住むマンションに向かう。

到着すると、三階まで駈け上った。

302号室の前に、管理人がいた。

「二時二十分になったら、起こしてくれといわれていたので、ノックしているんですが、返事がありません」

と、管理人が、いう。

「すぐ、開けて下さい！」

十津川が、大声でいう。

管理人は、昨日、嵐から預かっていたというスペアキーで、ドアを開けた。

二人の刑事が、部屋に飛び込んだ。

ベッドの上で、嵐は、俯《うつぶ》せに寝ているように見えた。

しかし、十津川が脈を診て、心臓に耳をあてると、嵐が死んでいることがわかった。

「死んでいるんですか？」

と、管理人が、きく。

「死んでいます。たぶん、青酸カリを飲んだんだと思います」

十津川は、狭い部屋の中を見廻し、机の上に、白い封筒があるのを見つけた。

封筒の表には、墨で、

「警視庁捜査一課　十津川警部様」

と、書かれてあった。

十津川は、中身を取り出した。

中身も、墨で書かれていた。

「私は、歌舞伎の世界で生まれ、育ってきました。子供の時から、華やかな女形に憧《あこが》れ、稽古《けいこ》を積んで、上手い役者になり、『娘道成寺《どうじょうじ》』の白拍子や、『助六由縁松葉菊』の揚巻などを演《や》りたいと思っていたのですが、成人するにつれて、名門に生まれなかった私には、いくら稽古を積んでも、白拍子も揚巻も、一生かかっても、演じるチャンスが来ないことが、わかってきました。

理不尽だと、私は思いました。私の方が、役者としては、演技が深いと思うのに、単なる生まれだけで、格差をつけられてしまう。私の生まれが名家だったら、白拍子だって揚巻だって立派に出来るのに、嵐好三郎という名前では、端役しか来ない。

そんな挫折感《ざせつかん》の中で、突然、歌舞伎の大パトロンの尾形誠一郎さんに、自宅に呼ばれたのです。尾形さんの『女形殺し』という綽名《あだな》のことは知っていましたが、その頃は、少しばかり自棄《やけ》気味になっていたので、尾形さんのいうがままに、芸者の恰好《かっこう》で尾形さんのマンションに行きました。行ってみると、部屋には、尾形さんひとりしかいません。その時に、こういわれたのです。

『君は、名前に拘《こだ》わっているようだが、七代目の中村芝翫が好きなら、中村芝翫は無理だが、嵐芝翫と名乗りたければ、私が話をつけてやる』と。

私は、芝翫の芸が好きだったから、一も二もなく肯《うなず》いて、その時、尾形さんに抱かれました。そうして、私は念願の芝翫の名を手にしたのです。

ある日、尾形さんに呼ばれました。この時も、芸者の姿で行きました。会うなり、尾形さんは、『芝翫の名前は、もう使うな。私が悪人にされてしまう』と、いきなり、いうのです。その身勝手さに、私は呆然《ぼうぜん》としました。そのくせ、都合よく私を抱こうとするのです。

私は、そこにあった果物ナイフで、彼の背中を、何回も突き刺しました。この他のことは、先日、十津川さんが、いわれた通りです。きちんと罪を償おうと考えていたのですが、もはや、恥をさらして生きることもできません。それは、私の自尊心が許さない。ご迷惑をおかけします」

嵐芝翫

読み了《おわ》ってから、封筒の裏を見ると、そこには、と、書かれていた。

十津川は、持参した逮捕状を取り出して、その横に置いた。

そこに書かれた名前も、「嵐芝翫」だった。

「嵐芝翫こと嵐好三郎」である。

「ここまでは、分かっていたんだが——」

と、十津川は、いった。

この作品は二〇一七年一月新潮社より刊行された。

西村京太郎著

西日本鉄道殺人事件

西鉄特急で91歳の老人が殺された！ 事件の鍵は「最後の旅」の目的地に。終わりなき戦後の闇に十津川警部が挑む「地方鉄道」シリーズ。

西村京太郎著

十津川警部 鳴子こけし殺人事件

巨万の富を持つ資産家、女性カメラマン、自動車会社の新入社員、一発屋の歌手。連続殺人の現場に残されたこけしが意味するものは。

西村京太郎著

近鉄特急殺人事件

近鉄特急ビスタEX《エックス》の車内で大学准教授が殺された。十津川警部が伊勢神宮で連続殺人の謎を追う、旅情溢れる「地方鉄道」シリーズ。

西村京太郎著

神戸電鉄殺人事件

異人館での殺人を皮切りに、プノンペン、東京駅、神戸電鉄と、次々に起こる殺人事件。大胆不敵な連続殺人に、十津川警部が挑む。

西村京太郎著

鳴門の渦潮を見ていた女

渦潮の観望施設「渦の道」で、元刑事の娘が誘拐された。解放の条件は警視総監の射殺！ 十津川警部が権力の闇に挑む長編ミステリー。

西村京太郎著

広島電鉄殺人事件

速度超過で処分を受けた広電の運転士が暴漢に襲われた。東京でも殺人未遂事件が。十津川警部は七年前の殺人事件との繋がりを追う。

西村京太郎著
富山地方鉄道殺人事件
姿を消した若手官僚の行方を追う女性新聞記者が、黒部峡谷を走るトロッコ列車の終点で殺された。事件を追う十津川警部は黒部へ。

西村京太郎著
土佐くろしお鉄道殺人事件
宿毛へ走る特急「あしずり九号」で起きたコロナ担当大臣の毒殺事件を発端に続発する事件。しかし、容疑者には完璧なアリバイがあった。

吉村昭著
羆嵐（くまあらし）
北海道の開拓村を突然恐怖のドン底に陥れた巨大な羆の出現。大正四年の事件を素材に自然の威容の前でなす術のない人間の姿を描く。

吉村昭著
ポーツマスの旗
近代日本の分水嶺となった日露戦争とポーツマス講和会議。名利を求めず講和に生命を燃焼させた全権・小村寿太郎の姿に光をあてる。

吉村昭著
遠い日の戦争
米兵捕虜を処刑した一中尉の、戦後の暗く怯えに満ちた逃亡の日々——。戦争犯罪とは何かを問い、敗戦日本の歪みを抉る力作長編。

吉村昭著
光る壁画
胃潰瘍や早期癌の発見に威力を発揮する胃カメラ——戦後まもない日本で世界に先駆け、その研究、開発にかけた男たちの情熱。

吉村昭著　**破獄**　読売文学賞受賞

犯罪史上未曽有の四度の脱獄を敢行した無期刑囚佐久間清太郎。その超人的な手口と、あくなき執念を追跡した著者渾身の力作長編。

吉村昭著　**雪の花**

江戸末期、天然痘の大流行をおさえるべく、異国から伝わったばかりの種痘を広めようと苦闘した福井の町医・笠原良策の感動の生涯。

筒井康隆著　**狂気の沙汰も金次第**

独自のアイディアと乾いた笑いで、狂気と幻想に満ちたユニークな世界を創造する著者のエッセイ集。すべて山藤章二のイラスト入り。

筒井康隆著　**おれに関する噂**

テレビが突然、おれのことを喋りはじめた。そして新聞が、週刊誌がおれの噂を書き立てる。黒い笑いと恐怖が狂気の世界へ誘う11編。

筒井康隆著　**笑うな**

タイム・マシンを発明して、直前に起った出来事を眺める「笑うな」など、ユニークな発想とブラックユーモアのショート・ショート集。

筒井康隆著　**富豪刑事**

キャデラックを乗り廻し、最高のハバナの葉巻をくわえた富豪刑事こと、神戸大助が難事件を解決してゆく。金を湯水のように使って。

新潮文庫の新刊

國分功一郎著

中動態の世界
—意志と責任の考古学—
紀伊國屋じんぶん大賞・小林秀雄賞受賞

能動でも受動でもない歴史から姿を消した〝中動態〟に注目し、人間の不自由さを見つめ、本当の自由を求める新たな時代の哲学書。

C・ハイムズ
田村義進訳

逃げろ逃げろ逃げろ！

追いかける狂気の警官、逃げる夜間清掃員の若者——。NYの街中をノンストップで疾走する、極上のブラック・パルプ・ノワール！

W・ムアワッド
大林薫訳

灼熱の魂

戦争と因習、そして運命に弄ばれた女性の壮絶なる生涯が静かに明かされていく。現代のシェイクスピアが紡ぎあげた慟哭の黙示録。

ヘミングウェイ
高見浩訳

河を渡って木立の中へ

戦争の傷を抱える男と、彼を癒そうとする若い貴族の娘。終戦直後のヴェネツィアを舞台に著者自身を投影して描く、愛と死の物語。

P・マーゴリン
加賀山卓朗訳

銃を持つ花嫁

婚礼当夜に新郎を射殺したのは新婦だったのか？　真相は一枚の写真に……。法廷スリラーの巨匠が描くベストセラー・サスペンス！

午鳥志季著

このクリニックはつぶれます！
—医療コンサル高柴一香の診断—

医師免許を持つ異色の医療コンサル高柴一香とお人好し開業医のバディが、倒産寸前のクリニックを立て直す。医療お仕事エンタメ。

琴《こと》電《でん》殺《さつ》人《じん》事《じ》件《けん》

新潮文庫　に－5－37

平成三十一年三月一日発行
令和七年四月十五日二刷

著者　西《にし》村《むら》京《きょう》太《た》郎《ろう》

発行者　佐藤隆信
発行所　株式会社新潮社
郵便番号　一六二—八七一一
東京都新宿区矢来町七一
電話　編集部(〇三)三二六六—五四四〇
読者係(〇三)三二六六—五一一一
https://www.shinchosha.co.jp
価格はカバーに表示してあります。
乱丁・落丁本は、ご面倒ですが小社読者係宛ご送付ください。送料小社負担にてお取替えいたします。

印刷・大日本印刷株式会社　製本・株式会社大進堂

ISBN978-4-10-128537-5 C0193